秋天 森林裡有什麼新鮮事！

森林報報

維・比安基 著　卡佳・莫洛措娃 繪　王汶 譯

全世界孩子都在讀的世界經典自然文學

出版序

這時刻，讓我們帶孩子一起擁抱森林

陳怡璇　木馬文化兒童科普線副總編輯

致　親愛的師長們：

《森林報報》是俄羅斯兒童文學大師——比安基的經典之作，在台灣也曾經由不同的出版社引進出版，即便如此，它的知名度仍不及另一經典自然書寫《昆蟲記》，所為人熟知。這自然有其歷史背景，一八九四年，比安基出生於聖彼得堡（舊稱列寧格勒）。父親是一位動物學家，從小就帶著他探索自然。比安基從父親那裡學到許多觀察和記錄的方法，他不僅對大自然充滿好奇，也學習藝術與文學，並且在他成年後開始嘗試創作。一九二七年首次出版的《森林報報》，是他最為人熟知的作品，直到一九五九年他離世之前，《森林報報》仍然持續加入新的內容，令大小讀者愛不釋手，並影響著許多家庭和孩子。

對照比安基成長和創作的時代，正是俄羅斯與世界動盪不已的年代：俄羅斯帝國走入衰敗瓦解，取而代之的是無產階級崛起的時代巨浪，緊接著兩次世界大戰，在比安基離世時，俄國已經成為蘇聯，是與西方世界抗衡的巨大政權。

這多少說明了為什麼我們和這部經典作品始終有點距離，因為在時代的洪流中，我們曾經離得那麼遠。

然而，閱讀《森林報報》，你會發現，比安基描寫的世界，有尋常的四季遞嬗，有森林和小鎮的生機勃勃，有動物植物的細膩變化……在森林裡，始終有自己的節奏；在森林裡，沒有這些紛擾；在森林裡的我們，其實距離非常近。近到遠在俄羅斯的年輕插畫家，能夠認識和描繪生活在台灣小島上的亞洲石虎，這是深愛森林和大自然的人類，天涯咫尺的美麗相遇。

二〇二〇年的此刻，人類正面臨前所未有的處境，病毒全球快速傳播，各國被迫封閉原本的流動，而人們得以停下腳步，看看我們生活的周遭，這些圍繞在我們周邊的高山、森林、湖泊，以及一直和我們生活在一起的動植物們。木馬文化在此刻推出這部經典兒童自然文學，是對經典大師致敬，更是對大自然致敬，也對每個致力於維護和傳遞生態保護的人們致敬。

本書採用的譯本為中國知名翻譯家王汶女士（一九二二～二〇一〇）的譯本，王汶女士擅長俄國文學與語言、愛好自然，是公認最好的譯本。本書也邀請到曾榮獲「好書大家讀」的科普作家及譯者張容瑱擔任本書編輯，為書中許多譯名反覆查證校正。本書的出版能跟俄羅斯插畫家卡佳小姐合作，更是意義不凡，我們很開心能一起乘著時光機將經典作品帶到孩子的面前。

致　親愛的小讀者：

你即將看到許多前所未聞的動物和植物的神奇事件，透過一位經典大師生動有趣的描寫，看完之後會讓你作文能力大增。這本書有很多漂亮的插圖，是來自俄羅斯的卡佳姐姐特別創作的，仔細觀察不同季節的封面有什麼不同呢？

強烈建議，讀這本書你可以查查地名和物種的名稱，會有更豐富的收穫。除此之外，也許你可以著手寫一篇台灣森林報報，一起成為小小自然文學家！

推薦序

他帶著孩童的眼睛，捎來森林的消息

林華慶　林務局局長

春天喚醒了冰封的北方大地，新芽從變得鬆軟的積雪裡怯怯的冒出頭來，鹿生出柔嫩的犄角，麻雀歡快的洗澡，百靈鳥飛來，人們製作小麵包，迎接充滿生機的「飛禽月」。俄羅斯科普作家維·比安基的生花妙筆，帶領我們走進四季分明的北國，看見與台灣自然環境截然不同的另一番景色。熱鬧的森林裡，不管是低調的苔蘚，或是鳴唱的黃雀，每個小生命都有著各自的獨特位置。

台灣擁有聳峻的高山島嶼地形，我們何其有幸，能與不同氣候帶的闊葉林、針闊葉混合林、針葉林、寒原共同生活在同一緯度裡，得以享用森林提供的多元服務價值。森林帶給我們的絕不僅止於木材，從空氣、水、生態、棲地的支持性服務，以及溫溼度等微氣候調節，到人們食衣住行所需的供給服務，更滋養了文化、遊憩、美學、身心療癒，我們也經常在各種生態體驗活動中，看到孩子們專注探索大自然帶來的驚喜。

帶著如孩童求知的明亮雙眼，《森林報報》裡，作者以流暢優美又富童心的筆觸捎來森林的消息，引領大家觀察變化萬千的生命動態；俄羅斯插畫家卡佳也透過對動植物獨特的洞察力，繪製全新的插圖，為這本書更添視覺之美，再次與台灣延續美好的緣分。

閱讀這本適合親子共讀的自然文學作品，大小朋友們可以發現，原來森林裡有這麼多學問，值得細細體會。當人們越親近自然，就越能感受它的價值，進而守護它。

十分欣見木馬文化出版《森林報報》這本圖文並茂的好書，讓身處南方島嶼的我們，也能透過紙頁神遊另一座豐美的森林。也期待每位大小朋友，從書本與親身接觸中更加親近山林，發現生物間的巧妙互動，徜徉在森林這所無邊無際的學校中，享用大自然的美好！

推薦序

來自俄羅斯的美好作品

卡佳・莫洛措娃

能為一部經典的作品畫插圖，是許多插畫家的夢想，特別是如果這本書曾陪伴自己的童年長大。對我來說，為《森林報報》繪製插圖，就是這樣一個特別的經驗。

這本書的作者維・比安基，是俄羅斯最著名的兒童文學家，尤其知名的是他擅長書寫關於自然的題材，他的作品在俄羅斯早已是學校文學課程的一部分，陪伴好幾代的孩子成長，包括我在內。維・比安基總在他書寫的故事中，帶我們了解身邊的世界，教導我們小心的對待它。

《森林報報》這部作品呈現的是森林裡一年四季的變化和各種有趣的消息，這次因為木馬文化的邀請，讓我在成年之後再次和這本書相遇，我彷彿回到了我的童年，並且像個孩子般重新體會和了解我的祖國——俄羅斯，有多麼廣闊的國土和細膩的生態。

我回憶起童年，我和許多充滿好奇的小朋友一樣，喜歡到住家四周的公園裡探險，看到不同的鳥類時，會好奇這是什麼鳥？我看到樹上、地上一些奇怪的印記，心想這是什麼動物留下的記號？

為《森林報報》畫插圖的過程，我也幻想自己是《森林報報》中的記者，要為讀者呈現讀這些故事時最適合的插圖，為了達到這個目標，我在作畫時除了參考物種的真實照片，也尋思在書中應該用什麼構圖和配色。

作為一位插畫家，我有我擅長和喜愛的風格——我喜歡運用幾何和抽象的想像，以及明亮鮮明的用色，然而我也喜歡嘗試不同畫風，在《森林報報》的系列作品中，我決定更具體而微的把故事中的生物生動的展現，期待每一位閱讀這本書的讀者，可以因此更加認識這些可愛的動植物，能夠認識這片來自我家鄉的美好森林。

《森林報報》的發行是以季節時序的推進分為春、夏、秋、冬，四季的變化在俄羅斯是非常顯著的，因此在封面插畫的創作上，我特別將俄羅斯隨處可見的樹木：白樺、橡樹和白楊安置其中，隨著季節的變化，樹木和周圍的動物都將隨著書中描述的季節而變——春天，樹上冒出嫩綠的新芽；夏天，綠葉變厚、顏色變深；秋天，樹上的葉子換了紅色、黃色、橙色的新裝；到了冬天，樹木將靜靜的睡在雪地上，期待下一個春天的到來。

這是我為童書繪製插圖的第一部作品，在創作的過程我感到非常的快樂，也謝謝木馬文化帶給我這麼寶貴的機會，期待台灣的讀者能在其中享受到閱讀的樂趣、體會大自然的美妙，並在這部作品中，認識俄羅斯和台灣迥然不同的生態。

目次

第8期

儲備糧食月

秋季第二月 10月21日～11月20日

第9期

冬客臨門月

秋季第三月 11月21日~12月20日

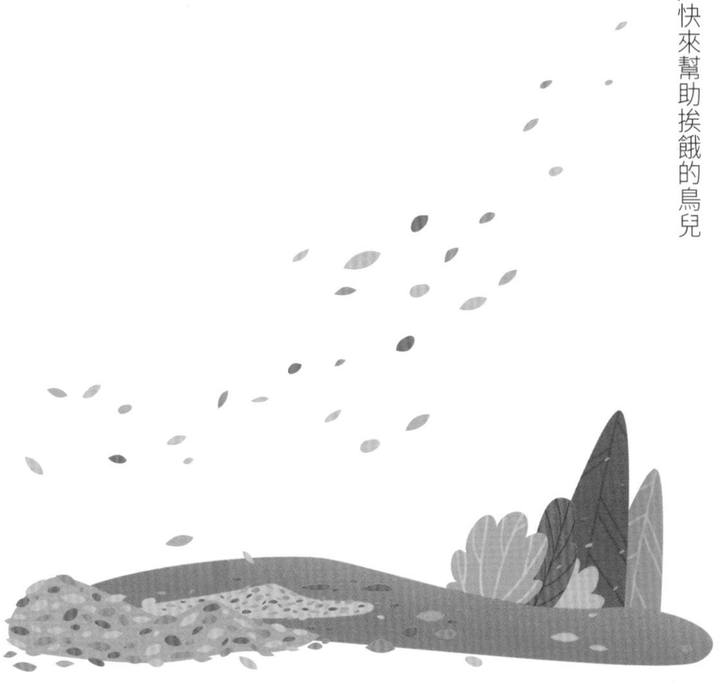

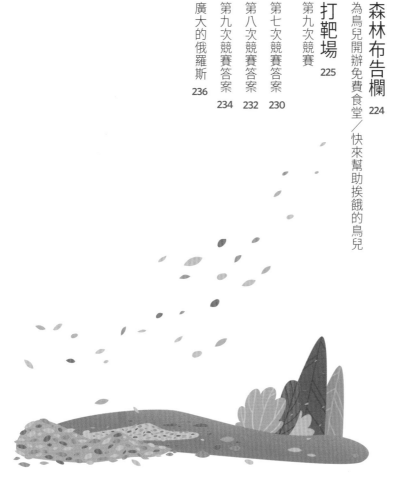

紀念我的父親
瓦連京・利沃維奇・比安基

致讀者

普通的報紙都是刊登人的消息、人的事情。可是，孩子們也很想知道飛禽走獸和昆蟲怎樣生活。

森林裡的新聞並不比城市少。森林裡也進行著各種工作，也有愉快的節日和悲傷的事件。森林裡有森林裡的英雄和強盜。可是這些事情，城市報紙很少報導，所以誰也不知道這類林中新聞。

比方說，有誰聽過，嚴寒的冬季裡，沒有翅膀的小蚊蟲從土裡鑽出來，光著腳丫在雪地上亂跑？你在什麼報紙上能看到關於林中大漢麋鹿打群架、候鳥大搬家和秧雞徒步走過整個歐洲的有趣消息？

所有這些新聞，在《森林報報》都可以看到。

《森林報報》一共有十二期，每個月一期，我們把它編成了一套書。

每一期的內容有：編輯部的文章，我們森林通訊員的電報和信件，還有打獵的故事。

我們的森林通訊員是些什麼人呢?有的是小朋友,有的是獵人,有的是科學家,有的是林業工作者。他們常常到森林裡,關心飛禽走獸和昆蟲的生活,他們把森林裡形形色色的新聞記下來,寄給我們編輯部。

第一本《森林報報》在一九二七年出版,之後經過多次再版,每次再版都會增加一些新的專欄。

我們曾經派一位特約通訊員,去採訪赫赫有名的獵人塞索伊奇。他們一起打獵,當他們在篝火旁休息的時候,塞索伊奇常常講起他的冒險故事,特約通訊員就把他的故事記下來。

《森林報報》是地方性報紙,在俄羅斯的列寧格勒編輯出版,報導的內容大多是列寧格勒省內,或是列寧格勒市內的消息。

不過,俄國的領土非常廣大,大到這樣的程度:在北方邊境,暴風雪正在發威,把人血管裡的血液都凍涼了;在南方邊境,熱烘烘的太陽卻普照大地，百花盛開；在西部邊區，孩子們剛剛躺下睡覺；在東部邊區，孩子們已經睡醒了，正要起床。所以《森林報報》的讀者提出了一個需求——希望從《森林報報》了解列寧格勒省內的事，同時也能知道全國其他地區發生的事。為了滿足讀者的需求，我們在《森林報報》上開闢了一個專欄，叫做「東南西北：無線電通報」。

我們轉載了塔斯通訊社的許多報導，介紹孩子們的工作和功績。

我們還邀請了生物學博士、植物學家兼作家尼娜・米哈依洛芙娜・巴甫洛娃為《森林報報》撰寫文章，談談有趣的植物。

我們的讀者應該了解自然界的生活，這樣，才能學會愛護自然，才能隨心所欲的融入動植物的生活。

我們的第一位森林通訊員

許多年前，列寧格勒列斯諾耶附近的居民，常常在公園裡碰到一位戴眼鏡的白髮教授。這位教授有一雙非常銳利的眼睛，他傾聽每一隻鳥的叫聲，仔細觀察每一隻飛過的蝴蝶或蒼蠅。

我們大都市的居民，不會那樣細心的注意每一隻剛孵出的小鳥，或是春天出現的每一隻蝴蝶。可是他呢？春天時森林中發生的事，沒有一件逃得過他的眼睛！

這位教授的名字是德米特利・尼基羅維奇・凱戈羅多夫。他觀察我們城市和近郊的自然生態長達五十年。在半個世紀的歲月裡，他看著冬去春來，春盡夏始，夏秋一過，冬天又來，鳥兒飛去又飛回，樹木和花卉開了又謝。凱戈羅多夫教授清清楚楚的記下他觀察到的一切，什麼時候發生了什麼事，並發表在報刊上。

他還號召人們，特別是年輕人，觀察自然、記下觀察結果，並寄給他。許多人響應了他的號召。於是，他的自然觀察通訊員大軍，就一年一年壯大起來。直到現在，許多愛好自然的人，包括鄉土研究者、科學家、小學生，還在按照他的方式，繼續進行觀察，收集觀察的紀錄。

五十年來，凱戈羅多夫教授累積了許許多多的觀察紀錄。他把這些資料統整起來。多虧他長年不斷的工作，多虧許多科學家的研究，現在我們知道候鳥在春天什麼時候飛到我們這裡、又在秋天什麼時候離開，也知道我們這裡樹木和花草的生長情況。

凱戈羅多夫教授還為孩子和成人寫了許多關於鳥類、森林和田野的書。他曾經在學校教書，那時他一再強調：孩子研究大自然，不能只依靠書本，還要走進森林和田野。

一九二四年二月十一日，凱戈羅多夫教授在長久的病痛之後，沒趕上新春的到來，就逝世了。我們對他念念不忘。

森林年

有一些讀者也許會認為《森林報報》上關於森林、農村和城市的報導，都是舊聞。其實並不是這樣。沒錯，年年有春天，不過，每年的春天都是嶄新的，不管你活多少年，絕不會看見兩個一模一樣的春天！

一年，就像一個有十二根輻條的車輪，每一根輻條相當於一個月，十二根輻條統統滾了過去，就是車輪滾了一圈，接著，又輪到第一根輻條轉過去。不過，車輪已經不在原處了，而是前進了一些距離。

春天再度降臨。森林甦醒了，熊從洞裡爬出來，氾濫的河水淹沒了森林動物的地下洞穴，鳥兒從遠方飛來，開始唱歌、跳舞，動物生兒育女。讀者會在《森林報報》上看到最新鮮的森林新聞。

《森林報報》使用的日曆是「森林曆」，跟一般的日曆不一樣。這沒什麼好奇怪的，因為鳥獸的生活步調跟我們人類不一樣。牠們有自己獨特的曆法——森林裡所有的生物，都按照太陽的運行過日子。

我們參考一般的日曆，把森林曆的一年，劃分成十二個月，並根據森林裡的情況，為每個月分另外取了名字。

每年的森林曆

第1期
冬眠初醒月

第4期
鳥兒築巢月

第7期
候鳥離鄉月

秋季第一月

9月21日～10月20日

第10期
銀路初現月

第2期
候鳥回鄉月

第3期
歌唱舞蹈月

第5期
雛鳥出生月

第6期
結隊飛行月

第8期
儲備糧食月

秋季第二月

10月21日～11月20日

第9期
冬客臨門月

秋季第三月

11月21日～12月20日

第11期
飢餓難熬月

第12期
忍受殘冬月

第7期

候鳥離鄉月

秋季第一月 9月21日~10月20日

太陽的詩篇

九月，終日愁眉不展，愛哭號。天空裡，烏雲越來越密集，風越來越愛號叫。秋季第一個月開始了。

秋天跟春天一樣，有自己的工作程序，但是和春天相反，秋天的工作從空中開始。樹梢的葉子漸漸變色，變黃、變紅、變褐。隨著日照縮短，葉片得不到充足的養分而開始枯萎，很快就喪失碧綠色彩。即使平靜無風，樹葉也會飄落，一下子這裡掉落一片黃色的白樺樹葉，一下子那裡掉落一片紅色的山楊樹葉，在空中輕輕的飄零，悄悄滑過地面。

清晨醒來時，你第一次發現青草上有了白霜，你在日記裡寫下這樣一句話：「秋天開始了！」從這一天起，說得精確一點，從這一夜起，秋天開始了。第一次下霜總是在黎明前。枝頭飄落的枯葉越來越多，直到最後，刮起專摘樹葉的西風，把森林的華麗夏裝席捲而去。

雨燕消失了蹤跡。家燕和在我們這一帶度過夏天的其他候鳥，都在集合成群，夜裡神不知鬼不覺的陸續出發，飛上遙遠的旅程。空中越來越空曠，水越變越涼，人們已經不想到河裡去洗澡了。

可是，天氣突然又回暖了，彷彿是為了紀念火熱的夏季，一連幾天溫暖乾燥、晴朗無風。一條條長長的細蜘蛛絲，在寧靜的空中飄飛著，泛著銀光，田裡清新可喜的新綠，也在欣愉的閃耀。「夏老婆婆來了！」村子裡的人笑容滿面的說，歡喜的欣賞著生氣蓬勃的秋播作物。

森林裡的居民在做冬季前的準備。未來的生命都安全的躲藏起來，包裹得暖暖和和的。對那些生命的一切關懷照顧都中止了，一直要到明年春天。只有兔媽媽安不下心，不承認夏天過去了，又生下了小兔子！這一批就是所謂的「落葉兔」。這時候，長出了蕈柄很細的食用蕈菇。

夏季過去了。候鳥離鄉月到來。秋天就這樣開始了。

森林裡拍來的第四封電報

本報通訊員發送

暗夜裡飛走的鳥

那些身穿五彩斑斕華麗服裝的鳥都不見了。我們沒看到牠們出發的情況，因為牠們是半夜裡飛走的。

許多鳥寧願在夜裡飛行，因為這樣比較安全。隼、鷹和其他猛禽從森林裡飛出來，正在半路上等候著！暗夜裡，猛禽不會襲擊牠們，但候鳥卻認得出通往南方的航線。

一群群的水禽，像是野鴨、潛鴨、大雁、鷸鳥等等，出現在海上長途飛行航線上了。這些有翅膀的旅客在春天停留過的地方歇腳。

森林裡的樹葉在變黃。兔媽媽又生下六隻小兔子。這是今年最後一窩小兔子，我們叫牠們「落葉兔」。

在海灣的岸邊，不知道是誰每天夜裡在淤泥上面，印上許許多多小十字和小點。我們在這個小海灣的岸上搭了一個小棚子，要暗中觀察究竟是誰在那裡調皮搗蛋。

林中大事記

別離之歌

白樺樹上的葉子已經變得非常稀疏了。被主人捨棄很久的小房子，椋鳥巢，在光禿禿的樹幹上，孤零零的晃來晃去。

不知道怎麼回事，忽然飛來兩隻椋鳥。雌椋鳥鑽進巢裡，若有其事的忙碌起來。雄椋鳥停在枝頭上，待了一會兒，看了看四周，然後唱起歌來！聲音很小，像是唱給自己聽的。

雄椋鳥的歌唱完了。雌椋鳥從巢裡飛出來，急急忙忙的向鳥群飛去。雄椋鳥也跟在牠後面飛了過去。是時候了，不是今天，就是明天，牠們要踏上漫長的旅程了。

今年夏天，這對椋鳥在這間小房子孵出了小

鳥。牠們是來跟小房子告別的。牠們不會忘記這間小房子，明年春天還要回到這裡來養兒育女。

玻璃般的早晨

九月十五日，秋老虎的天氣。我像平常一樣，一大早就去花園。

我走到外面一看，天空高高的，沒有一絲雲彩。空氣有點涼，喬木、灌木和青草間，掛滿了銀色的細蜘蛛網。

一隻蜘蛛在兩棵小雲杉的樹枝之間，張了一面銀色的網。網被寒露襯托著，看起來像是玻璃做的，彷彿一碰就會叮叮噹噹的碎掉。蜘蛛縮成一顆很小的球，僵在那裡一動也不動。蒼蠅還沒飛出來，牠正好趁這個時候睡覺。也說不定牠凍僵了，早就死了。

我用小指頭小心翼翼的碰了一下蜘蛛。

蜘蛛沒有抵抗，竟然像一粒沒有生命的小石子似的掉在地上。我看見牠一掉進地上的草叢裡，馬上就跳起來，拔腿飛奔而去。

真是一個騙人精！

不知道牠還會不會回到這面網來？牠還能找到這面網嗎？還是會另外織一面新的網？織一面蜘蛛網，牠得花多少力氣呀！得前前後後、來來回回跑多少趟，抽絲、繞圈，耗費多少心血呀！

小露珠在纖細的草葉尖梢顫動，好像長長的眼睫毛上的淚珠一樣。

它們閃爍著，發出星火般的光輝，散發著喜悅。

路旁最後幾朵野菊垂著花瓣做的裙子，等待太陽把它們晒暖。

在微冷又純淨，彷彿是易碎玻璃的空氣之中，不論是五彩繽紛的樹葉，還是被露水和蜘蛛網染成銀色的青草，或是夏天從來沒有過的那種極藍的小河，全都如此漂亮、華麗，令人愉悅。

我所能找到最難看的東西，是一株冠毛黏在一起、殘缺一半且溼答答的蒲公英。還有一隻毛茸茸的夜蛾，頭部傷痕累累，大概是被鳥啄的。

回想今年夏天，蒲公英的頭上曾經頂著數不清的小降落傘，那時它顯得多麼神氣！夜蛾也曾經是毛蓬蓬的，頭部光滑而健全！

我很同情牠們，於是把夜蛾放在蒲公英上，用手握了很久，讓升到森林上空的太陽晒到牠們。夜蛾和蒲公英都冷冰冰、溼漉漉的，只剩一絲活氣。後來，牠們一點一點的甦醒過來。蒲公英頭上黏在一起的小降落傘乾了，變得輕飄飄的，恢復成白色，還飛了起來；夜蛾的翅膀舒展開來，恢復了活力，身體也毛蓬蓬的，恢復成青灰色。這兩個可憐又殘缺的醜傢伙也變美了。

一隻琴雞在森林附近嘰哩咕嚕的嘟噥著。

我向灌木叢走去，想從灌木叢後偷偷走到牠身邊，看看牠在秋天回憶起春天求偶的演出，怎樣悄悄的喃喃自語、啾賁啾賁的叫喚。

可是我剛走到灌木叢前面，琴雞就撲簌一聲，幾乎是從我的腳下飛了起來，嚇了我一大跳。

原來牠就在我旁邊。我還以為牠離我很遠呢！

遠遠的，傳來一陣吹喇叭般的鶴鳴聲，一群鶴從森林上空飛過去。

牠們離開我們了……

摘自一位少年自然科學家的日記

森林通訊員 維利卡

游泳旅行

垂死的草在地上無精打采的低著頭。

著名的飛毛腿，長腳秧雞，踏上了遙遠的旅途。

潛鴨和潛鳥出現在海上長途飛行航線上。牠們潛到水裡捉魚，很少用翅膀飛。牠們就這樣游著游著，游過湖泊和海灣。

潛鴨和潛鳥不必像野鴨那樣，得先在水面上微抬起身體，再猛然往水裡鑽。牠們的身體靈巧極了，只要把頭一低，再用槳一般的腳蹼使勁一划，就鑽到深水裡了。牠們在水中像在家裡一樣。沒有一種猛禽能夠在水下追捕到牠們。牠們游得飛快，甚至能追上魚。

況且牠們飛行的本領，不如猛禽迅速敏捷，何必冒險飛到空中呢？因此，只要是可以游泳的地方，牠們就利用游泳來長途旅行。

林中大漢的戰鬥

傍晚，森林裡傳出嘶啞的短吼聲。林中大漢——有犄角的雄麋鹿從密林裡走了出來。牠們用嘶啞的吼聲向敵手挑戰，那聲音彷彿是從體內深處發出來的。

戰士們在空地上相遇。牠們用蹄子刨著地，威風凜凜的搖晃著笨重的犄角，眼睛裡布滿了血絲；牠們彼此猛撲，低下有大犄角的頭相撞，或是勾在一起，發出了劈裂聲和嘎嘎聲；牠們用巨大身軀的全部重量猛撞對方，拚命想扭斷對方的脖子。

牠們一會兒分開，一會兒又衝上去戰鬥，一下子把前身彎到地，一下子又用後腿站起來，用犄角猛撞。

沉重的犄角一相撞，森林裡就迴盪著咚咚的聲音。有人把雄麋鹿叫做「犁角獸」，這是有道理的：牠們的犄角又寬又大，像犁一樣。

戰敗的雄麋鹿，有些狼狽的從戰場上逃走了；有的受到可怕大犄角的致命衝撞，撞斷了脖子，流著鮮血，倒在地上。戰勝的雄麋鹿就用鋒利的蹄子把牠踢死。

最後，巨大的吼聲震動了森林，犁角獸吹起勝利的號角。

森林深處，一頭沒有犄角的雌麋鹿在等待牠。勝利的雄麋鹿成了這一帶的主人。牠不容許任何一頭雄麋鹿進入牠的領地，即使是年輕的雄麋鹿也不容許，一看見，就把牠們趕走了。

牠嘶啞的吼聲，有如打雷般傳到四周很遠的地方去。

最後一批漿果

沼澤地的蔓越橘成熟了。它們生長在泥炭土壤的草墩上，漿果散布在青苔上。遠遠的就可以看見漿果，可是看不見它們的莖葉。走近了才能看見：青苔「墊子」上蔓延著一些像線一樣細的莖，莖兩旁長著一些硬挺的小葉子。這就是蔓越橘植株的樣子。

尼娜・巴甫洛娃

森林裡拍來的第五封電報

本報通訊員發送

誰留下的腳印？

是誰在海灣沿岸的淤泥上，印上了小十字和小點的印子？

我們從躲藏的小棚子看到了！

原來是鷸鴴等鳥類的傑作。

滿是淤泥的小海灣是這些鳥類的餐廳。牠們在這裡歇腳休息，吃點東西。牠們在柔軟的淤泥上邁著長腳走來走去，留下許多三個分得很開的腳趾印。牠們把長嘴喙插到淤泥裡，從裡面拖出小蟲來當早餐。只要是長嘴喙插過的地方，就留下一個小點。

我們捉到一隻鶴。牠在我們家屋頂上住了整整一個夏天。我們在牠腳上套了一個很輕的金屬環。這個鋁製的腳環上刻著一行字：Moskwa, Ornitolog. Komitet A. NO. 195（莫斯科，鳥類研究委員會，A組第一九五號）。之後，我們把這隻鶴放掉，讓牠戴著腳環飛走了。

如果有人在牠度冬的地方捉住牠，我們就可以從報紙上知道，這個地區的鶴是在哪裡度冬。

森林裡的樹葉已經全部變了顏色，開始脫落。

各路齊飛

每天夜裡，都有一批有翅膀的旅客出發上路。牠們從容不迫的慢慢飛著，停歇的時間很長，跟春天那時候不一樣。看來，牠們是不願意離開故鄉呢！

牠們飛走的順序跟飛來時恰好相反：色彩鮮豔、花花綠綠的鳥先飛走；春天最先飛來的燕雀、百靈鳥、海鷗最後飛走。有許多鳥是年輕的先離開；燕雀是雌鳥比雄鳥先啟程；比較強壯有力、吃得起苦的鳥，會停留得久一些。

大多數鳥直接向南方，飛往法國、義大利、西班牙，飛往地中海、非洲；有些鳥向東飛，經過烏拉爾，經過西伯利亞，飛到印度去。幾千公里的路程，在牠們的腳下閃過。

等待幫手

喬木、灌木和青草，都在忙著安頓後代。

楓樹的樹枝上掛著一對對的翅果。翅果已經成熟了，等待風把它們吹落、散播出去。

草也在等待風：薊，長莖頂端的乾燥頭狀花序，露出了蠶絲般華麗的灰色茸毛；香蒲，莖長得比沼澤地帶的草還要高，頂端穿上了褐色的小「皮襖」；山柳菊，毛茸茸的小球已經準備好，在晴朗的日子裡，被風一吹，就隨風飄散。還有許多草，小果實上長著細毛，有長的，有短的，有普通的，也有羽毛狀的。

已經收穫作物的田裡，以及路旁、水溝旁的植物，等待的不是風，而是四條腿的動物和兩條腿的人。這些植物當中，牛蒡帶鉤的乾燥花盤裡，裝滿了有稜角的種子；鬼針草的黑色果實是三角形的，很愛戳路人的襪子；拉拉藤的圓形小果實帶有鉤刺，喜歡鉤住人的衣服，只有用一小塊毛絨來擦拭，才能把它抹掉。

秋天的蕈菇

尼娜．巴甫洛娃

森林裡現在真淒涼！光禿禿，溼漉漉，散發著爛樹葉的氣味。唯一能給人安慰的，是松口蜜環菌，看了令人愉快。它們有的一堆堆聚集在樹墩上，有的爬上了樹幹，有的散布在地上，彷彿獨自在徘徊。

看上去令人高興，採起來也令人愉快。幾分鐘就可以採一小籃。而且還只是採蕈傘，專挑好的採而已呢！

小松口蜜環菌十分可愛：它們的蕈傘還繃得緊緊的，好像孩子戴在頭上的無邊帽，下方還圍著一條白色的小圍巾。過幾天，帽子邊會翹起來，變成一頂真正的帽子，圍巾則變成一條領子。

整頂帽子上都是菸絲般的小鱗片。它是什麼顏色的呢？很難確定，不過，是一種看起來很舒服、寧靜的淡褐色。小松口蜜環菌蕈傘下的蕈褶是白的，老松口蜜環菌的是淺黃的。

你有沒有發現：當老蕈傘蓋到小蕈傘上方時，小蕈傘表面好像敷著一層粉。你也許會想：「難道它們發黴了？」可是隨後你就想到：「這是孢子呀！」是的，是老蕈傘撒下來的孢子。

如果你想吃松口蜜環菌，一定得熟知它們所有的特徵。

市場上，把毒蕈誤認成松口蘑環菌是常有的事。有些毒蕈很像松口蘑環菌，也長在樹墩上。不過，這些毒蕈的蕈傘下方都沒有領子，蕈傘上也沒有鱗片，而且蕈傘顏色很鮮豔，有黃色的，有粉紅色的，蕈褶有黃色或淡綠色。至於孢子，則是烏黑的。

森林裡拍來的第六封電報

本報通訊員發送

早霜襲來

寒冷的早霜襲來了。

有些灌木的葉子像被刀削過一樣，葉子像雨點般紛紛飄落。蝴蝶、蒼蠅、甲蟲都各自躲藏起來了。

候鳥當中善於歌唱的「鳴禽」，匆匆忙忙的飛過一片片叢林和小樹林。牠們的肚子已經餓了。只有鶇鳥不會抱怨沒有東西吃，牠們成群結隊飛向一串串熟透的花楸樹果實。

寒風在光禿禿的森林裡呼嘯。樹木都酣睡了，森林裡再也聽不到鳥兒的歌聲了。

城市新聞

野蠻的襲擊

　光天化日之下，列寧格勒的伊薩基耶甫斯基廣場上，行人面前上演了一齣野蠻襲擊的戲。

　一群鴿子從廣場上飛起來。這時候，突然有一隻體型龐大的遊隼，從伊薩基耶甫斯基大教堂的圓頂飛下來，撲向鴿群最外面的一隻鴿子。只見一大堆絨毛在空中亂舞。

　行人看見那群受驚的鴿子慌忙的躲到一幢大房子的屋頂下面；遊隼用腳爪抓住鴿子，吃力的飛回大教堂的屋頂上。

　我們城市上空是遊隼的必經之地。這些有翅膀的強盜喜歡駐足在教堂屋頂和鐘樓上，因為從這些地方偵察獵物很方便。

黑夜裡的騷動

城市的郊區幾乎每天晚上都有騷動。

人們聽見院子裡鬧哄哄的，於是從床上爬起來，探頭到窗外去看。

怎麼啦？發生什麼事？

院子裡的家禽大力的拍著翅膀，鵝咯咯的叫著，鴨子嘎嘎的吵著。是鼬來吃牠們了嗎？還是狐狸鑽進院子裡了？

可是，房子有鐵門和石頭圍牆，鼬和狐狸怎麼跑得進來？

主人到院子裡仔細巡視，又檢查了一下禽舍。一切正常，什麼也沒有。有著堅固的鎖和門閂，動物是沒辦法鑽進來的。可能只是家禽做了惡夢吧！現在牠們不是安靜下來了嗎？

人們安心的上床睡覺。

可是過了一個鐘頭，又咯咯咯、嘎嘎嘎的吵鬧起來了。家禽驚慌的騷動，亂成一團。怎麼回事呀？又怎麼了？

你打開窗戶，躲在一旁仔細的聽。漆黑的天空閃爍著星星的金光。四周靜悄悄的。可是，過了一會兒，好像有一道不可捉摸的影子從上面掠過去，一個接一個，遮住了天上的金色星星。還傳來一陣斷斷續續細微的嘯聲。高高的夜空裡，響起一種模糊不清的聲音。

家鴨和家鵝都驚醒了。被圈養的鳥早已忘記什麼是自由，但現在卻湧現一股莫名的衝動，翅膀在空中拍個不停。牠們踮起腳掌，伸長脖子，叫呀叫，叫呀叫，叫聲苦悶又悲涼。

牠們那些自由的野生姊妹，從黑暗的高空用召喚的聲音回應牠們。一群又一群有翅膀的旅行家，正從石頭房子、鐵皮屋頂上空飛過。野鴨的翅膀發出撲撲的聲音，大雁和黑雁用喉嚨叫著：

「咯！咯！上路吧！離開寒冷！離開飢餓！上路吧！上路吧！」

候鳥的咯咯聲漸漸消失了，而早已忘記飛翔的家鴨和家鵝卻還在院子裡亂吵亂叫。

狗與倉鼠

我們在挑選馬鈴薯的時候，牲畜欄裡突然有什麼東西沙沙的鑽動。之後跑來一條狗，在附近蹲下，用鼻子嗅聞著。可是那裡還是沙沙的鑽動。狗開始挖坑，一邊挖，一邊汪汪叫，因為有隻小動物正朝著牠窸窸窣窣的鑽去。

狗挖出一個小坑，小動物的頭露了出來。狗把坑挖得更深，將小動物拖了出來，小動物便咬牠，狗就把小動物拋了出去，大聲的吠起來。這隻小動物有小貓那麼大，毛是灰藍色的，間雜著黃色、黑色和白色的毛。牠是倉鼠，我們稱為「山鼠」。

森林通訊員　瑪麗亞

把蕈菇都忘了

九月裡，我和幾個同學一起到樹林裡採蕈菇。一進林子就嚇跑了四隻榛雞。牠們是灰色的，脖子短短的。

後來，我發現一條死蛇。這條蛇已經乾掉了，掛在樹墩上。樹墩上有一個小洞，洞裡傳出嘶嘶的叫聲。我想那一定是蛇洞，就趕緊逃離那個可怕的地方。

之後，我走到沼澤地附近，看見了以前沒有看過的東西——從沼澤地飛起七隻鶴，好像七隻綿羊。我從前只在學校的圖畫書上看過鶴。

同伴們每個人都採了滿滿一籃蕈菇，只有我在樹林裡東跑西闖，東張西望。到處有鳥兒飛來飛去，到處有鳥兒歌唱啼囀。

我們回家的時候，一隻灰色的兔子從路上跑過去，牠的脖子是白色的，後腳也是白的。

我繞過那截有蛇洞的樹墩。我們還看見許多大雁，牠們正飛過我們的村莊，大聲的咯咯叫著。

森林通訊員　別茲美內依

魔法師喜鵲

春天時，村子裡幾個頑皮的小孩搗毀了一個喜鵲巢。我從他們那裡買來一隻小喜鵲。只過了一天一夜，牠就習慣我了。第二天，牠已經敢從我的手裡吃東西、喝水了。

我們把這隻喜鵲取名為「魔法師」。牠聽習慣這個稱呼後，我們一叫，牠就回應。

喜鵲的翅膀長齊以後，喜歡飛到門上去，站在上面。門對面的廚房裡擺著一張桌子，桌子有一個可以拉出來的抽屜，抽屜裡總是放著一些食物。有時候，我們剛拉開抽屜，喜鵲就從門上飛下來，鑽到抽屜裡，搶著啄裡面的東西。把牠拖出來，牠還亂叫亂吵，不肯出來呢！

我去取水時，喊一聲：

「魔法師，跟我來！」

牠就停到我的肩膀上，跟我走了。

我們吃早餐時，喜鵲總是第一個張羅：又是抓糖，又是抓甜麵包，有時候還把爪子伸進熱牛奶裡。

最好玩的是我在菜園的胡蘿蔔田除草的時候。

牠站在田壟上，看我在做什麼。然後也開始拔田壟上的草，學我的樣子把一根根綠莖拔起來，放成一堆。牠幫我除草呢！

不過，牠搞不清楚應該拔什麼，把雜草和胡蘿蔔都拔起來了。

真是我的好助手呀！

森林通訊員　薇拉・米赫耶娃

躲的躲，藏的藏

天氣越來越冷了！

美麗的夏天逝去了。

血液快被凍得凝固了，動作也變得遲鈍，而且老是想打瞌睡。

有尾巴的蠑螈整個夏天都住在池塘裡，一次也沒爬出來過。現在，牠爬上了岸，慢慢的爬到樹林裡。牠找到一截腐爛的樹墩，然後鑽到樹皮下面，縮成一團。

青蛙卻相反，牠們從岸上跳進池塘，沉到池底，鑽進淤泥裡。蛇和蜥蜴躲到樹根底下，把身體埋在暖和的苔蘚裡。魚兒成群結隊擠在河流的深處，以及水底的深坑裡。

蝴蝶、蒼蠅、蚊子、甲蟲等等，都鑽到樹皮和牆壁的裂縫裡躲起來了。

螞蟻堵上蟻窩所有的出入口，然後爬到蟻窩的最深處，擠成一堆，彼此緊緊挨著，就這樣一動也不動的入睡了。

挨餓的時候到了！挨餓的時候到了！

飛禽走獸等恆溫動物不太怕冷，只要有東西吃就行了——吃了食物，就好像身體裡面燃起了火爐。可是，飢餓總是伴隨著寒冷而來。

蝴蝶、蒼蠅、蚊子都躲起來了，蝙蝠沒東西吃，也只好躲藏起來，躲在樹洞、岩穴、石縫和閣樓的屋頂裡。牠們用後腳的腳爪抓住一樣東西，頭朝下倒掛著，並且用翅膀裹住身體，好像裹了一件斗篷似的，就這樣睡著了。

青蛙、癩蝦蟆、蜥蜴、蛇、蝸牛，全都躲起來了。刺蝟躲在樹根下的草窩裡，獾也不常出洞了。

候鳥飛往度冬地去了（上）

從天上看秋天

如果能從天上看我們無邊無際的國土，該有多好！秋天，乘著氣球升到高空，比屹立不動的森林還要高，比浮動的白雲還要高，離地面大約三十公里——即使升到這麼高，也看不見我國國土的邊緣！不過，只要天空晴朗無雲，沒有雲層遮蔽大地，視野會非常開闊。

從這麼高的地方往下看，會有我們的大地整個在移動的錯覺，但其實是有什麼東西在森林、草原、山丘和海洋的上面移動——

原來是鳥。無數的鳥群。

我們這裡的鳥離開故鄉，朝著度冬的地方飛去了。

當然，也有一些鳥定居在這裡，麻雀、鴿子、寒鴉、歐亞鸒、黃雀、山雀、啄木鳥和其他許多鳥類，都不飛走；所有的野雉，除了鵪鶉之外，也不飛走；還有蒼鷹和大型的貓頭鷹，也是「留鳥」。不過，這些猛禽冬天在我們這裡沒有多少事可做，因為大多數鳥兒冬天都離開了。候鳥從夏末就開始動身。最先飛走的，是春天最後飛來的那一批。遷徙持續一整個秋天，直到河水結凍為止。最後離開的，是春天最先飛來的那一批，包括了禿鼻鴉、百靈鳥、椋鳥、野鴨、海鷗等。

鳥往哪裡飛？

你以為所有的鳥群飛往度冬地，都是由北往南飛嗎？才不是呢！各種不同的鳥，在不同的時候飛走，大多數在夜間飛行，因為這樣比較安全。而且，並不是所有的鳥都從北方飛到南方度冬。有些鳥秋天從東方飛到西方去。有些鳥卻相反，從西方飛到東方。我們這裡還有一些鳥，甚至是飛到北方去度冬！

我們的特約通訊員，有的拍來電報，有的利用無線電向我們通報：

什麼鳥往哪裡飛，以及這些有翅膀的旅行家在路上的狀況。

從西往東飛

「嘁、依！嘁、依！」紅色的朱雀在鳥群裡交談著。早在八月裡，牠們就從波羅的海沿岸、列寧格勒省區和諾甫戈羅德省區開始了旅程。

牠們從容不迫的飛著。到處有食物，足夠牠們吃喝，有什麼好趕的呢？又不是趕回故鄉築巢和養育雛鳥！我們看見牠們飛過伏爾加河、烏拉爾一座不高的山嶺，現在看見牠們在西伯利亞西部的草原，巴拉巴。

牠們一天天的向東飛，向東飛，向日出的方向飛。牠們從一片樹林飛到另一片樹林，巴拉巴草原上到處是白樺樹林。

牠們盡可能在夜間飛行，白天休息、吃東西。雖然牠們是成群結隊的飛，而且群裡每一隻鳥都會留神注意四周，以免遭遇不測，可是有時還是會發生慘事，稍有疏忽，就有一、兩隻被鷹捉去。

西伯利亞的猛禽，像是北雀鷹、燕隼、灰背隼等等，實在太多了。牠們飛得極快，當鳥兒從一片樹林飛往另一片樹林時，不知道要被猛禽捉去多少！夜裡就好一些，因為和那些猛禽比起來，貓頭鷹比較少。

朱雀在西伯利亞轉彎，牠們要飛過阿爾泰山脈和蒙古沙漠，到炎熱的印度度冬。在這趟艱難的旅途上，有多少可憐的鳥兒要喪失性命呀！

一隻北極燕鷗的故事

我們這裡一位俄羅斯青年科學家，在一隻年輕的北極燕鷗腳上套了一個輕巧的小金屬環。腳環的號碼是Φ-197357。這件事發生在一九五五年七月五日，地點是北極圈外，鄰近白海的干達拉克沙禁獵區。

同年七月底，這隻年輕的北極燕鷗剛學會飛，就跟著其他北極燕鷗成群結隊，開始牠們的冬季旅行。

起初，牠們往北飛，飛到白海海域；接著往西飛，沿著科拉半島北

岸飛；之後往南飛，沿著挪威、英國、葡萄牙和整個非洲的海岸飛。牠們繞過好望角，往東方移動，從大西洋往印度洋飛去。

一九五六年五月十六日，一位澳洲科學家在澳洲西岸的福利曼特勒城附近，捉到這隻腳戴Φ-197357號金屬環的北極燕鷗。從干達拉克沙禁獵區到這裡的直線距離，是兩萬四千公里！

牠的標本目前保存在澳洲珀斯市的西澳洲博物館。

從東往西飛

每年夏天在奧涅加湖，都會孵化出烏雲般的大群野鴨和白雲般的海鷗。秋天時，這些烏雲和白雲就要往西，往日落的方向飛去。一群尖尾鴨和一群海鷗動身飛往度冬地。讓我們搭乘飛機跟在牠們後面吧！

你有聽見一陣刺耳的嘯聲嗎？還有水的潑濺聲、翅膀的撲漉聲以及野鴨驚天動地的嘎嘎聲、海鷗的吶喊聲……

這些尖尾鴨和海鷗本來打算在林中的湖泊小憩，沒想到卻受到一隻遷徙的遊隼襲擊。遊隼就像牧人的長鞭帶著尖嘯抽穿空氣一樣，從飛在空中的野鴨背部一閃而過。遊隼用鋒利得像小尖刀的腳爪劃過野鴨群。一隻野鴨受傷了，長長的脖子像鞭子似的垂下來，牠還沒來得及掉入湖裡，動作神速的遊隼忽然一個轉身，在水面上抓住牠，然後用鋼鐵般的嘴喙往牠的後腦一啄，就帶去當午餐了。

這隻遊隼是野鴨群的瘟神。牠從奧涅加湖和牠們一同起飛，和牠們一起飛過了列寧格勒、芬蘭灣、拉脫維亞……。牠肚子飽的時候，就停在岩石上或樹上，漠不關心的望著海鷗在水面上飛翔，野鴨在水面頭朝下翻筋斗，望著牠們從水面起飛，成群結隊，繼續向西，向著黃球似的太陽往波羅的海那灰色海水落下的地方飛去。但是只要遊隼肚子餓了，牠立刻飛快的趕上野鴨群，抓一隻野鴨來填飽肚子。

牠就這樣跟著野鴨群，沿著波羅的海、北海的海岸飛行，跟著野鴨群飛到不列顛群島。到了那裡，這隻有翅膀的惡狼終於不再糾纏牠們。我們的野鴨和海鷗留在那裡度冬，而遊隼也許會跟隨其他的野鴨群往南飛，往法國、義大利飛，越過地中海飛往炎熱的非洲。

向北，飛向北極

絨鴨的絨羽又輕又暖，是製作保暖衣物的好材料。牠們在白海的干達拉克沙禁獵區，安安全全的孵出了雛鳥。

多年來，那個禁獵區一直在進行保護絨鴨的工作。大學生和科學家幫絨鴨戴上腳環，把帶有號碼又很輕的金屬環套在牠們腳上，以便了解絨鴨從禁獵區飛到什麼地方度冬、有多少絨鴨回到禁獵區，以及這些奇妙的鳥兒其他各種生活細節。

現在已經知道了，絨鴨從禁獵區出發，幾乎一直向北飛，飛到長夜漫漫的北方去，飛到北冰洋去，那裡有豎琴海豹棲息，還有白鯨在拖長聲音大聲嘆息。

不久，白海就要被一層厚厚的冰覆蓋起來，絨鴨冬天在這裡沒東西吃。但是在北方，水面一年四季不結凍，海豹和白鯨能捉到魚吃。

絨鴨吃岩石和水藻上的軟體動物。這些北方的鳥只要能吃飽就行了，牠們不怕酷寒的天氣，不畏懼周圍一片汪洋、一片黑暗。牠們身上的絨羽能禦寒，是世界上最保暖的羽毛！更何況，那裡空中常常有北極光，有巨大的月亮，有明亮的星星。太陽一連幾個月不從海面探出頭，又有什麼關係呢？絨鴨在那裡覺得舒舒服服的！牠們吃得飽飽的，自由自在的度過漫長的北極冬夜。

候鳥搬家之謎

為什麼有的鳥向南飛，有的鳥向北飛，有的鳥向西飛，而有的鳥卻向東飛呢？

為什麼有些鳥要等到結冰、下雪、沒有東西吃的時候，才離開我們呢？有些鳥，例如雨燕，儘管周遭還有充足的食物，卻在每年固定的日期離開我們？

而最大的謎團是：牠們怎麼知道秋天該往哪裡飛？度冬地在哪裡？要沿著什麼路線飛才能到達那裡？

實在令人想不透！在莫斯科或列寧格勒附近孵出來的鳥，竟然會飛到非洲南部或印度去度冬！我們這裡就有一種飛得很快的隼，會從西伯利亞飛到澳洲去。在澳洲停留一段時間，春天又飛回西伯利亞。

林中大戰（完）

我們《森林報報》的通訊員找到了林木種族戰爭已經結束的地方。那個地方，就是我們的通訊員在旅行最初所到的雲杉國度！

關於這場殘酷戰爭的結束情況，他們採訪到以下的消息：

大批雲杉在與白樺、山楊的肉搏戰中死去，但最後還是雲杉戰勝。

雲杉比敵人年輕，白樺和山楊的壽命又比雲杉短。白樺和山楊年老體衰了，不能再像它們的敵人那樣迅速的生長。雲杉長得高過了它們，把可怕的毛茸茸大手掌伸到它們頭上，喜愛陽光的闊葉樹便開始枯萎。

雲杉不停的生長，它們下面的樹蔭越來越濃，它們下面的地窖越來越深、越來越黑暗。

地窖裡，凶惡的苔蘚、地衣、小蠹蟲、木蠹蛾等，在等待戰敗者。地窖裡，死亡在等待戰敗者。

一年一年過去了。

一百年前，這座森林的老雲杉被人砍光了，於是展開搶奪空地的戰爭。爭戰持續了一百年，現在，這裡又聳立著同樣陰沉沉的老雲杉。

老雲杉林裡，沒有鳥兒歌唱，也沒有快樂的小動物入住。各式各樣偶然出現的綠色小植物，在陰森森的雲杉國度裡總是很快凋萎、死亡。

冬天來了。每年冬天，林木種族都停戰一段時間。

樹木入睡了，它們睡得比洞裡的熊還要沉，睡得好像死去了一樣。它們不吃，也不再生長，只是昏昏沉沉的呼吸著。

仔細聽，一片寂靜。

仔細看，這是一個滿布著戰士屍體的戰場。

我們的通訊員還採訪到一個消息：今年冬天，這座陰沉的雲杉林將被砍伐掉，這裡要進行採伐木材的計畫。

明年，這裡會變成一片新的砍伐跡地，林木種族將重新開始打仗。

不過，這次我們不容許雲杉戰勝了。我們將介入這場持續不斷的可怕戰爭，引進這裡沒有過的新林木種族。我們會關心它們的生長，必要時，會在綠葉篷頂上砍出幾扇窗戶，讓明亮的太陽光照進來。

到時候，一年四季都有鳥兒在這裡，唱快樂的歌給我們聽。

田野空了，豐收的作物收割完畢。農村村民已經在吃新糧製成的餡餅和麵包。

田裡的溝壑和斜坡上，鋪滿了亞麻。它們經過風吹、日晒和雨淋。現在要把它們收集起來，搬到打穀場上，揉過之後，剝下皮來。

孩子們已經開學一個月了，他們不再參與田裡的工作。村民快要挖完馬鈴薯了，之後會把馬鈴薯運到車站去，或是在乾燥的沙丘上挖坑，貯藏馬鈴薯。菜園也空了。村民從田壟上運走最後一批葉子捲得很緊的甘藍。

秋播的農作物發出了綠油油的顏色，這是村民在上次收割後準備的新收成。

灰山鶉已經不是一家家分開待在秋播的麥田

裡，而是集結成很大一群，每群有一百多隻呢！

打灰山鶉的季節快要結束了。

溝壑的征服者

我們的田裡出現一些溝壑。溝壑越來越大，逐漸吞噬農村的田地。村民都很擔心，小孩也跟著大人一塊兒著急。

春天時，我們開會討論，怎樣可以和溝壑作戰，怎樣不讓溝壑繼續擴大。我們知道一個好辦法：栽種一些樹把溝壑圍起來，讓樹根牢牢抓住土壤，就能鞏固溝壑的邊緣和斜坡。

現在已經是秋天了。我們這裡的苗圃培育出大批的樹苗，上千棵的白楊、藤蔓灌木和槐樹。我們開始移植這些樹苗。過幾年，喬木和灌木就可以征服溝壑的斜坡。至於溝壑本身呢，將要被我們永久的征服！

小學生　柯里雅·阿加法諾夫

採集種子

九月裡，很多喬木和灌木都結了種子和果實。這時候最重要的，是多多採集種子，把它們種在苗圃裡，用來綠化運河和新的池塘。

採集大量的喬木和灌木種子，最好在它們完全成熟以前，或是在它們剛成熟時，在很短的時間內採完。特別是楓樹、櫟樹和西伯利亞落葉松的種子，要及時採集，不能耽擱。

九月開始採集種子的樹木有：蘋果樹、西洋梨、山荊子、接骨木、皂莢、莢蒾、七葉樹、榛樹、沙棗、沙棘、丁香、黑刺李和野薔薇。同時，也採集克里米亞和高加索地區常見的山茱萸種子。

我們的主意

現在，全國人民都在從事一項規模宏大的美好事業：造林。

春天，我們過了「植樹節」。這一天變成了一個真正的造林節日。

我們在農村的池塘周圍栽種樹苗，免得池塘被太陽晒乾；我們在高高的河岸上栽種樹苗，好鞏固陡峭的河岸；我們也綠化了學校的運動場。這些樹苗都存活了，而且經過一個夏天，長大許多。

現在，我們想出這樣一個主意：

村裡的道路冬天會被雪掩埋起來。每年冬天，我們都不得不砍下一大片小雲杉林，用雲杉的枝條把道路圍起來，免得它們被雪掩埋；有的地方還得樹立路標，免得行人在風雪中迷路，陷在雪堆裡。

為什麼要每年砍掉這麼多小雲杉呢？不如一勞永逸的在道路兩旁栽種活的小雲杉！讓小雲杉好好生長，保護道路不被雪掩埋，而且還能成為指示的路標呢！

我們就這樣做了。我們從森林邊緣挖了許多小雲杉，用籃子運到道路兩旁。我們細心的為小雲杉澆水，這些小樹都快樂的在新地方生長。

森林通訊員　萬尼亞．札米亞青

精選母雞

昨天，在農村的養禽場，飼養員挑選了最好的母雞，用一塊木板把這些母雞小心的趕到角落，然後一隻一隻捉起來，交給專家鑑定。

專家手裡捉著一隻嘴喙長長、身體瘦瘦的母雞，小小的雞冠顏色淡淡的，兩隻眼睛睡眼朦朧，看起來傻呼呼的樣子，眼神好像在問：「你抓我幹什麼呀？」

專家把這隻母雞交回去，並且說：「我們不要這樣的母雞。」

之後，專家手裡捉著一隻短嘴喙大

眼睛的小母雞。牠的頭寬寬的，鮮花般的雞冠歪在一邊，兩隻眼睛亮晶晶的。母雞一面拚命掙扎，一面亂叫，好像在說：「放手！馬上放手！不要抓我，不要打擾我！你自己不挖蚯蚓吃，也不准別人挖嗎？」

「這隻不錯！」專家說：「這隻會為我們下蛋。」

原來母雞也要選活潑樂觀、精力充沛的，才會好好下蛋。

喬遷之喜

春天時，小鯉魚的媽媽在小池塘裡產了卵，孵出七十萬條仔魚。這個池塘裡沒有其他的魚，就住著這一家子：七十萬個兄弟姊妹。牠們越長越大，小池塘太擁擠了，於是在夏天時搬進了大池塘。

現在，小鯉魚正準備搬到另一個池塘去度冬。過了這個冬天，牠們就是一歲的鯉魚了。

星期日

這個星期日，小學生們幫忙朝霞農村收成根莖類作物。他們挖了甜菜、蕪菁甘藍、蕪菁、胡蘿蔔和歐芹。孩子們發現，蕪菁甘藍比最大的小學生瓦吉克的頭還要大。但最讓他們驚奇的，是巨大的飼用胡蘿蔔。

葛娜把一根胡蘿蔔立在她的腳邊，這根胡蘿蔔竟然到她的膝蓋那麼高！而胡蘿蔔的上半截，有一個巴掌那麼寬。

「古時候的人一定是用這些東西打仗，」葛娜說：「用蕪菁甘藍代替手榴彈。肉搏戰時，就用這種大胡蘿蔔敲打敵人的頭！」

「古時候的人根本培育不出這麼大的根莖類作物。」瓦吉克說。

把小偷關進瓶子裡

「把小偷關進瓶子裡！」這句話是紅十月農村的養蜂員說的。

那天因為天氣冷，蜜蜂都沒有放出蜂箱。胡蜂強盜們正在等這個機會。牠們飛到養蜂場來偷蜂箱裡的蜂蜜。可是，牠們還沒飛到蜂箱，就聞到一股蜂蜜的香味，看到養蜂場上擺著一些裝著蜂蜜水的瓶子。這時候，胡蜂改變了主意，不到蜂箱裡去偷蜂蜜了。也許牠們覺得從瓶子裡偷蜂蜜，比較有教養，而且沒有從蜂箱裡偷那麼危險吧！

牠們鑽進瓶子裡，於是就中了圈套，淹死在蜂蜜水裡。

受騙的琴雞

快到秋天的時候，琴雞聚集成一群一群的。每一群裡有壯碩的黑色雄琴雞，有淺棕黃色帶斑點的雌琴雞，也有年輕的琴雞。

琴雞群鬧哄哄的飛向一叢越橘，牠們在地上分散開來，有的啄食越橘堅硬的紅色漿果，有的用腳爪刨開草，啄起並吞下碎石和細沙。碎石和細沙能幫忙磨碎胃裡較硬的食物，有助於消化。

不知道是誰疾行的步伐在乾枯的落葉堆上，發出沙沙聲——

琴雞全都抬起頭，警覺起來。

向這邊跑來了！一條萊卡犬的頭在樹木間一閃而過，兩隻尖尖的耳朵豎立著。

琴雞不情願的飛上樹枝，有的就近躲在草叢裡。

萊卡犬在越橘叢裡亂闖一陣子，把琴雞統統嚇跑了。

後來，牠蹲在樹下，眼睛盯著樹上一隻琴雞，汪汪叫了起來。琴雞也看著牠。過了一會兒，琴雞在樹上待得無聊，就在樹枝上走來走去，還不時回過頭來看萊卡犬。

真討厭！幹嘛老待在那裡不走！肚子餓了……希望牠快點跑走！等牠走了，就可以飛下去啄漿果吃了……

突然砰的一聲，一隻死琴雞掉在地上。原來，當牠在那裡看萊卡犬的時候，獵人偷偷走過來，出其不意的把牠一槍從樹上打下來。於是這群琴雞奮力拍翅，向上飛起，飛過森林的上空，飛到離獵人比較遠的地方去。林中空地和小樹在牠們腳下閃過。在什麼地方歇腳好呢？這裡是不是也藏著獵人？

白樺樹林邊光禿禿的樹頂上，停著幾隻琴雞，一共是三隻。停在這裡不會有危險——如果白樺樹林裡有人的話，那三隻琴雞絕對不會這樣安安心心的待著不動。

琴雞群越飛越低，最後吵雜的降落在樹頂上。原來停在那裡的三隻琴雞，像樹墩一樣呆呆的站在樹上，連轉過頭來看牠們一眼也沒有。新來的琴雞仔細打量牠們——是三隻道道地地的琴雞，身上漆黑，眉毛鮮紅，翅膀上有白斑，尾巴分叉，小眼睛烏黑閃亮。

一切都很正常。

砰！砰！怎麼回事？哪來的槍聲？為什麼有兩隻新來的琴雞從樹枝上掉下去了？

樹頂上空升起一陣輕飄飄的煙霧，不一會兒就消散了。可是原來的三隻琴雞，還是像剛才那樣待著不動。新來的琴雞群也待在樹枝上，望著牠們。下面一個人也沒有，幹嘛要飛走？

新來的琴雞，頭轉了轉，看一看四周，又安心下來。

砰！砰……

一隻雄琴雞像一團泥似的掉到地上；另外一隻往樹頂上空竄出去，之後又掉下來。琴雞群驚慌失措的從樹上飛起來，在那隻受了致命傷的琴雞從高空掉落到地上以前，就逃得無影無蹤了。只有原來那三隻琴雞還是像剛才那樣，一動也不動的停在樹頂。

下面，從一個隱蔽的棚子裡走出一個帶槍的人，他撿起死琴雞，然後把槍靠在樹上，爬到白樺樹上。

白樺樹頂上一動也不動的三隻琴雞，黑眼睛若有所思的凝視著森林某處。這些黑眼睛原來都是黑色玻璃珠，這三隻琴雞是用黑絨布做的，只有嘴喙是真的琴雞嘴喙，還有分叉的尾巴，是用真正的羽毛做的。

獵人取下一隻假琴雞，爬下這棵白樺樹後，又爬上另一棵樹去取另外兩隻假琴雞。

遠處，那些心驚膽顫的琴雞正飛過一座森林。牠們滿是懷疑的觀察每一棵樹、每一叢灌木，會不會有新的危險？到哪裡躲避詭計多端且拿著槍的人？你永遠也預料不到，他會用什麼辦法來暗算你……

好奇的雁

每一個獵人都知道，雁是一種生性好奇的動物。而且獵人還知道：雁比什麼鳥都謹慎。

一大群雁待在距離河岸一公里的淺灘上。那裡，人走不過去，坐車也過不去。雁把頭藏在翅膀下，縮起一隻腳，安安穩穩的睡覺。

怕什麼呢？牠們有守衛！這一群雁的四面都站著一隻老雁。老雁不睡覺，也不打瞌睡，全神貫注的注意四面八方的動靜。在這種情況下，怎麼讓牠們措手不及？

岸上出現一條小狗。負責守衛的老雁馬上伸長脖子，盯著那條狗。

狗在岸上跑來跑去，一會兒往這邊跑，一會兒往那邊竄，不知道在沙灘上撿些什麼，並不理會這些雁。

沒有什麼可疑的地方。不過，那條狗幹麼在那裡跑來跑去？真是奇怪！得走過去才能看清楚……

一隻老雁蹣跚的走到水裡游起來了。輕微的波浪聲吵醒了三、四隻雁。牠們也看到小狗了，也跟著游向岸邊。

牠們游近時才看清楚，原來岸上一塊大石頭後面，飛出許多小麵包塊，一會兒往這邊飛，一會兒往那邊飛。麵包塊掉在沙灘上，狗搖著尾巴撲過去撿麵包塊。

哪來的麵包塊呀？

誰待在石頭後面？

幾隻雁越游越近，游到了岸邊，牠們伸長脖子，拚命想看清楚……可是，牠們好奇的腦袋卻被從石頭後面跳出來的獵人，用百發百中的槍法，全部打落到水裡去了。

六條腿的馬

雁在田裡大吃特吃。牠們成群結隊在那裡吃，四周都有守衛，不論是人或狗，負責守衛的雁都不准牠們靠近。

馬在遠處的田野裡走來走去。雁才不怕牠們呢！誰都知道，馬很溫和，是吃草的動物，不會來侵犯飛禽。有一匹馬，一邊吃著又短又硬的殘穗，一邊向著雁群走過來，越走越近。沒關係，就算牠走到旁邊，也還來得及起飛。不過，這匹馬真奇怪，有六條腿。真是個怪物，有四條普通的腿，以及兩條穿著褲子的腿。

負責守衛的雁咯咯咯的叫起來，發出警報。整群雁都抬起頭來。怪馬慢慢的走過來了。守衛鼓起翅膀，飛過去偵察。牠從上面看見馬後面躲著一個人，那個人手裡還拿著槍！

「咯咯咯！快逃呀！快逃呀！」守衛發出叫雁逃走的信號。整群雁立刻拍動翅膀，飛離地面。

懊惱的獵人在牠們後面一連開了兩槍。可是雁群早就飛遠了，霰彈沒有打到牠們。

老麋鹿應戰

每天晚上這個時候，森林裡都會發出麋鹿的戰鬥號角聲。

「不要命的出來廝殺吧！」

一頭老麋鹿站了起來。牠寬闊的犄角有十三個小分叉，身長大約兩公尺，體重有四百多公斤。誰膽敢向這位林中的一級大力士挑戰呢？老麋鹿邁開沉重的蹄子，深深踩在溼漉漉的青苔裡，氣勢洶洶的走過去應戰，把擋路的小樹都踏斷了。

敵手戰鬥的號角聲又傳來了。

老麋鹿用可怕的吼聲回答。這吼聲真可怕，嚇得琴雞群拍翅從白樺樹上飛走，嚇得膽小的兔子跳了起來，拚命衝到密林裡去。

「看誰敢……」老麋鹿的眼睛滿布血絲，不管路在哪裡，直直向敵手衝過去。林木逐漸稀疏，牠衝到一片林中空地——原來在這裡呀！

牠從樹後面向前衝，想用犄角撞，想用笨重的身體壓倒敵手，再用銳利的蹄子把敵手踩個稀爛。

直到槍聲響起，老麋鹿才看見，一棵樹後面有個拿槍的人，腰上還掛著一個大喇叭。老麋鹿拔腳往密林裡逃，但牠虛弱得搖搖晃晃，身上的傷口不斷流著血……

獵兔禁令解除！

本報特約通訊員

獵人出發了

像往年一樣，十月十五日，報紙刊出公告，開放獵捕兔子。

又像八月初一樣，大批的獵人把車站擠滿了。他們依舊帶著獵狗，有的人用皮帶牽著兩條，有的還不止兩條。可是，已經不是獵人們夏天打獵帶的那些有捲曲長毛的獵犬了。

這些獵狗又大又結實，腿又長又直，頭沉甸甸的，還有一張狼嘴似的大嘴。牠們身上長著各種顏色的粗毛：有黑色、灰色、褐色、黃色以及火紅色；有的有黑斑紋，有的有火紅斑紋，有的有褐色斑紋，有的有黃斑紋，還有火紅色帶一大片馬鞍似的黑毛。

牠們是特種的獵狗，有公的也有母的。牠們的任務是追蹤動物，把動物從洞穴裡驅趕出來，一邊追一邊汪汪大叫，好讓獵人知道動物往哪裡逃竄，這樣，獵人就可以站在動物將要行經的路上，迎面射擊。

在城市裡要養這種粗野的大狗很困難，許多獵人根本沒有狗，我們這一夥人也都沒有帶狗。

我們要去塞索伊奇那裡，參加圍獵兔子。

我們總共有十二個人，占了車廂三個小房間。所有旅客都驚奇的看著我們一位同伴，他們微笑著交頭接耳。

這也難怪，我們這位同伴是個大胖子，胖得連門都進不了。他的體重高達一百五十公斤，醫生叫他要多出去散散步。他不是獵人，但是非常擅長射擊，打起靶來，我們都不如他。他為了讓散步變得有趣一些，於是決定跟我們一起去打獵。

圍獵趣事

晚上，塞索伊奇在森林區的一個小車站迎接我們。我們在他家裡過夜。第二天天剛亮，我們一大伙人鬧哄哄的出發去打獵。塞索伊奇還找了十二位村民擔任圍獵的吶喊人。

我們在森林邊緣停下來。我把寫了號碼的紙片捲成小捲，丟進帽子裡，我們十二位射擊手依序抽籤，抽到第幾號，就站在第幾號位置上。

負責吶喊的人都走到森林外面去了。在寬闊的林間路上，塞索伊奇按照每個人的號碼，指定我們站的地方。

我抽到六號，我們的胖子抽到七號。塞索伊奇告訴我站在什麼地方之後，就把圍獵的規矩告訴這位新手，囑咐他：不能沿狙擊線開槍，不然會打到旁邊的人；圍獵吶喊人的聲音接近時，要停止射擊；禁止打雌鹿；要根據信號行動。

大胖子離我六十步遠。獵兔可不像獵熊。獵熊時，射擊手和射擊手之間，相隔一百五十步遠。塞索伊奇在狙擊線上管教人一點也不客氣，我聽見他在教導大胖子：

「你幹麼往灌木叢裡鑽呀？這樣開槍很不方便。跟灌木並排站著，就站在這裡吧！兔子都是看著下面的。我就不客氣的說了，你的腿好像兩根大木頭，兩腿請站開一點，要不然兔子會把你的腿當做樹墩。」

塞索伊奇安排好所有的射擊手之後，就跳上馬，到森林外面去安排圍獵的吶喊人。

還得等好久，圍獵才開始。我打量著四周。

在我面前，離我四十步遠左右，聳立著一些光禿禿的赤楊和山楊，以及葉子已經掉了一半的白樺，還夾雜著許多黑黝黝、毛蓬蓬的雲杉，好像一堵牆。再過一會兒，可能會有兔子從森林深處，穿過這些筆直樹幹混合而成的林子，朝我這裡跑來，也可能會有琴雞飛出來。如果運氣好，也許還會有帶翅膀的大傢伙，松雞。我會打不中嗎？

每一分鐘都慢得像蝸牛走路一樣。不知道大胖子感覺怎麼樣。他的身體重心在兩腿換來換去，也許他不想腿被當成樹墩……

突然，從寂靜的森林外面傳來兩聲打獵的號角聲，號角聲又長又響亮，這是塞索伊奇催促圍獵吶喊隊向我們推進的信號。

大胖子舉起火腿般的胳膊，雙筒槍在他手裡好像一根小手杖。他就這樣站著，一動也不動。真是個怪人！準備得太早了，胳膊會發痠的。

還沒有聽到吶喊的聲音，可是已經有人開槍了。狙擊線的右邊有一聲槍響，接著左邊有兩聲。別人都開始射擊了，但我還沒開槍。

大胖子也用雙筒槍射擊了。砰！砰！他在打琴雞，可是琴雞高高的飛走了，他白開槍了。

現在聽得見圍獵吶喊人低微的呼應聲和手杖敲擊樹幹的聲音了。從兩側傳來趕鳥器的聲音，可是還沒有什麼東西向我這裡跑過來。

好不容易來了！一個白裡帶灰的東西，從樹幹後面掠過，原來是一隻還沒換完毛的雪兔。嘿，這是我的！啊，牠轉彎了，朝大胖子跑過去了！喂，大胖子，你別拖拖拉拉的，快開槍呀！開槍呀！

砰砰！沒打中，雪兔一直向他衝過去。

砰砰！

一團灰白的東西從雪兔身上飛了起來。嚇得要死的雪兔想從胖子樹墩似的兩條腿中間竄過去。胖子趕緊把兩腿一夾——

會有人用腿來捉兔子嗎？

雪兔竄了過去，但是胖子龐大的身體卻整個倒在地上。

我笑得喘不過氣來，眼淚都流出來了。透過淚水，我看見兩隻雪兔從森林裡竄出來，但是我不能開槍，因為雪兔是沿著狙擊線逃跑的。

胖子慢慢的爬起來，先是跪著，然後站了起來。他伸出他的大手，給我看他抓著的一團白毛。

我對他喊說：「沒摔傷吧？」

「沒事。不過，我把兔子尾巴的末梢夾下來了。兔子的尾巴！」

真是個怪人！

射擊停止了。吶喊的人從森林裡跑出來，都向大胖子走過去。

「叔叔，你是神父嗎？」

「一定是神父啦！你看他的大肚子！」

「胖得不可思議！一定是衣服裡面塞滿了野味，所以才這麼胖。」

可憐的射擊手！在我們城裡的打靶場，誰會相信有這樣的事！這時候，塞索伊奇催促我們到田野去進行第二次圍獵。

我們這一大群鬧哄哄的人，又沿著林間的路往回走。一輛大車載著獵物跟在我們後面，大胖子也坐在車上。他累了，喘個不停。

獵人們對這個可憐蟲一點也不留情，冷嘲熱諷像雨滴似的灑在他身上。忽然，道路轉彎處的森林上空，出現了一隻大黑鳥，足足有兩隻琴雞那麼大。牠順著道路，從我們面前飛過去。

大家都急忙端起槍，激烈的射擊聲響徹森林。每一個人都急急忙忙的開槍，想把這個難得的獵物打下來。

黑鳥飛著，飛到了大車的上空。

大胖子也端起槍，但仍舊坐著。雙筒槍在他火腿般的胳膊上顯得像一根小手杖。他開槍了！

大家都看見，大黑鳥突然翅膀一收，中止了飛行，像一塊木頭似的從空中掉到道路上。

「好，真俐落！」一位村民說：「真是神槍手呀！」

我們這些獵人都覺得很不好意思，不吭聲了。大家不都開槍了嗎？卻沒有一個人打中。

大胖子撿起他打中的獵物，是一隻有鬍子的雄松雞，比兔子還要重呢！這隻野禽，我們每個人都願意用今天自己全部的獵物來交換。

沒有人再嘲笑大胖子了，甚至忘了他怎樣用腿捉兔子。

東南西北無線電通報

大家注意！

這裡是列寧格勒《森林報報》編輯部。

今天，九月二十二日，是「秋分」。我們繼續用無線電輪流報告我國各地的情形。

東方、南方、西方、北方，請注意！苔原、原始森林、沙漠、山岳、草原，還有海洋，都請注意！

請你們說說，你們那裡的秋天是什麼情況。

這裡是苔原！

我們亞馬爾半島這裡什麼都結束了。夏天時，岩石上曾經是熱鬧的鳥兒市集，現在再也聽不見鳥叫聲了。小巧玲瓏的鳴禽從這裡飛走了，雁、野鴨、海鷗、烏鴉等等也都飛走了。到處一片寂靜，只有偶爾傳來一陣骨頭相撞的可怕聲音，是雄鹿在用角相撞。

從八月開始，早晨就已經很冷了。現在，水面都被冰封起來了。捕魚的帆船和機動船早已經開走，輪船才耽擱了幾天就被封住了。現在，笨重的破冰船正在堅固的冰原上，費勁的為它們開出一條路。

白晝越來越短。長夜漫漫，又黑又冷。白色的雪花在空中飛舞著。

這裡是原始森林！

我們烏拉爾這裡正忙著「送往迎來」。我們迎接從北方、從苔原到我們這裡來的鳴禽、野鴨和雁。牠們是路過我們這裡，停留的時間並不長：今天飛來一群鳥，休息一下，吃點東西；明天你再去看，牠們已經不在了。牠們在半夜裡不慌不忙的向遠方飛去。

我們歡送在這裡過夏的鳥兒。我們這裡的候鳥，大部分都已經踏上漫長的秋天之旅，去追尋遠離我們的陽光，到溫暖的地方度冬。

風從白樺、山楊和花楸樹上扯下枯黃發紅的葉子。落葉松變成金黃的顏色，柔軟的針葉也變粗糙了。每天晚上，一些笨重、長著鬍子的雄松雞會飛到落葉松的樹枝上。牠們渾身烏黑，站在色調柔和的金黃色針葉間，啄食針葉來填飽肚子。榛雞在黑黝黝的雲杉間尖聲叫著。這裡還出現許多紅胸脯的雄歐亞鷽和淡灰色的雌歐亞鷽、深紅色的松雀、紅頭的朱頂雀以及角百靈。這些鳥也是從北方飛來的，牠們不再往南飛了，牠們覺得這裡也很好。

田野荒涼了。在晴朗的白天，細長的蜘蛛絲被恰好能覺察出來的微風吹動著，在田野上空飄盪。這裡、那裡還盛開著最後一批三色菫。衛矛的灌木叢上掛著許多美麗的鮮紅小果實，好像中國的小燈籠一樣。

我們快要挖完馬鈴薯了，菜園裡正在收割最後一批蔬菜：甘藍。我們把儲存蔬菜的地窖，也就是「菜窖」，裝得滿滿的，準備度冬。大家還到針葉林裡收集松子。

小動物們也不落「人」後。習慣在地面活動的花栗鼠，有細長的尾巴，背上還有五道明顯的黑色條紋，牠把許多松子藏在樹墩下，還從菜園偷了不少葵花籽，把牠的倉庫裝得滿滿的。紅松鼠在樹枝上晒蕈菇，牠們正在換裝，要換上藍灰色的「毛皮大衣」。長尾巴的野鼠、短尾巴的田鼠以及水田鼠，都在用各種穀粒填滿牠們的倉庫。身上滿是斑點的星鴉也在收集松子，藏到樹洞裡或樹根底下，以備饑荒時有食物吃。

熊也為自己找好了窩，正在用腳爪撕雲杉樹皮做床墊。

所有動物都在準備過冬，大家都在辛勤的工作。

這裡是沙漠！

我們這裡正在過節，又像春天一樣，生氣勃勃了！難以忍受的暑熱消退了，雨下個不停。空氣清新，遠處景物的輪廓分明。草又變綠了，夏天時躲避太陽的動物又出現了。甲蟲、螞蟻、蜘蛛等小動物都從地下鑽出來。有著細爪子的黃鼠從深洞裡鑽出來，拖著長尾巴的跳鼠像小袋鼠似的蹦蹦跳跳，夏眠醒來的沙蟒又在獵捕牠們。

不知道從哪裡來了貓頭鷹、沙狐、沙漠貓等動物，善於奔跑的鵝喉羚、賽加羚羊跑來了，鳥也飛來了。

這裡又像春天一樣，不再死氣沉沉，而是綠意盎然、生機勃勃。

我們持續與沙漠「作戰」，要在幾百、幾千公頃的沙地上栽植防護林帶。森林會保護田野，不讓田野受到熱風吹襲，並征服沙漠！

這裡是世界的屋脊！

我們帕米爾高原這裡山脈高聳，稱為「世界的屋脊」。有的山峰超過七千公尺，聳入雲霄。

我們這裡同一個時間既有夏天，也有冬天——山下是夏天，山上是冬天。隨著秋天到來，冬天開始從山頂下降，從雲端裡下降，把生命從山頂往山下擠。

野山羊第一個下山。夏天，牠們生活在涼爽的懸崖峭壁上，現在那裡的植物都被雪埋起來而凍死了，牠們沒有東西可以吃。

盤羊也離開牠們的草場，開始下山。

夏天時，高山草地上有許多肥壯的旱獺，現在牠們都消失了蹤跡，躲到地底下去了。牠們吃得肥頭胖耳的，儲藏了足夠度冬的食物，躲進地洞裡，還用草堵住入口。

狍鹿沿著山坡下來了。野豬在核桃樹、黃連木和杏樹林裡過日子。

山下的溪谷和深谷裡，出現了夏天時沒看過的一些鳥：角百靈、灰眉岩鵐、紅背紅尾鴝，以及一種神祕的藍色鶇。

這些溫暖的地方有著各式各樣的食物，鳥便成群結隊從遙遠的北方飛到這裡來。

山下現在常常下雨。隨著一陣一陣的秋雨，冬天一步一步臨近，而且山上已經下雪了！

田裡正在採棉花，果園正在採各種水果，山坡上正在採核桃。

至於山頂上的道路，早就積滿白雪，無法通行了。

這裡是烏克蘭草原！

許多活潑的「球」沿著被太陽晒焦的平坦草原滾動、彈跳。它們彈跳到人的身邊，把人包圍起來，撲到人的腳上，可是人並不覺得痛，因為它們很輕。它們不是什麼球，而是一團團圓圓的枯草，乾枯的草莖捲成了球形！現在，草球滾過了土丘和石頭，滾到小丘後面去了。

這是風把一叢叢成熟的「風滾草」像輪子似的推著跑，在草原上推著到處跑，它們也就趁這個機會，一路撒播種子。

熱風快要無法在草原上遊蕩了，人造的森林帶已經站立起來保衛田地。這些護田林帶將挽救我們的收成，不讓農作物被旱災毀掉。而我們也從連接伏爾加河和頓河的運河，引水到灌溉溝渠。

我們這裡現在正是打獵的好時光。湖泊的莞草叢裡擠滿了各式各樣的水鳥，有本地的，也有遷徙路過的。小溝壑裡沒有割草的地方，聚集著一群群肥胖的鵪鶉。草原上有好多兔子，全是有棕紅色斑點的歐洲野兔，我們這裡沒有雪兔。狐狸和狼也非常多！你高興用槍打，就用槍打吧！高興放獵狗去捉，就放獵狗去捉吧！

城裡的市場上，西瓜、甜瓜、蘋果、梨、李子等，堆得像山一樣。

這裡是海洋！

我們穿過北冰洋的冰原，經過亞洲和美洲之間的海峽，進入了太平洋。我們在白令海和鄂霍次克海常常碰到鯨。

想不到世界上竟然有這樣令人驚奇的動物！你想想看，牠們的身體是多麼龐大、多麼重，牠們的力氣有多大呀！

我們看到一頭長須鯨，被人拖到一艘捕鯨船的甲板上。這頭巨大的鯨有二十一公尺長，相當於六頭大象頭尾相接那麼長！牠的嘴能容納一艘木船，連同划槳的人。

光是牠的心臟就有一百四十八公斤重，抵得上兩位成年人的體重。

牠的體重是五萬五千公斤，也就是五十五公噸重！

如果做一具巨大的天平，把這頭鯨放在其中一邊的托盤，要讓天平兩邊平衡的話，另一邊的托盤得站上男女老少一千人。站上這麼多人，

也許還不夠呢！更何況這種鯨還不是最大的，藍鯨更巨大，有三十三公尺長，一百多公噸重！

鯨的力氣非常大，就算被綁著繩索的魚叉叉住，有時候還能把船拖上一天一夜。更可怕的是，萬一牠潛入水中，船也會被牠拖進海裡。

以前曾經發生這樣的事情，但是現在情況不同了。實在很難相信，橫在我們眼前，大得像一座山且力大無窮的怪物，差不多才一眨眼的時間，就被捕鯨的人殺死了！

不久以前，捕鯨人捕鯨是從小船上投擲綁著繩索的魚叉，水手站在船頭，將魚叉擲到鯨的身上。後來，捕鯨人開始從船上用特製的炮來打鯨，炮筒裡裝的不是炮彈，而是帶繩索的魚叉。這頭鯨也是被這樣的魚叉擊中，只是殺死牠的不是鐵叉，而是電流。原來，帶繩索的魚叉裝了兩條電線，電線另一頭連到船上的發電機。帶繩索的魚叉像針一樣刺進巨大動物身體的瞬間，電線就將強大的電流導到鯨身上，把牠電死。

這個大傢伙只抖動了一下身體，兩分鐘後就死了。

我們在白令島附近看見海狗，在梅德內島附近看見大海獺帶著小海獺玩耍。這些動物的毛皮非常珍貴。以前，牠們被日本和俄國的獵人捕殺，差一點滅絕，後來在政府法律嚴格的保護下，現在這裡海獺的數目才很快的增加。我們還在堪察加半島岸邊，看見一些巨大的北海獅，幾乎有海象那麼大。可是我們看過鯨之後，就覺得這些動物都很小。

現在是秋天，鯨會離開這裡，前往熱帶溫暖的海域，在那裡生鯨寶寶。明年，鯨媽媽會帶著牠們的幼鯨游回這裡——太平洋和北冰洋的海域。而光是那些吃奶的幼鯨，體型就比兩頭牛還要大呢！

我們這裡的人不捕殺幼鯨。

我們和全國各地的無線電通報，就在這裡結束。下一次的無線電通報，是今年最後一次通報，將在十二月二十二日舉行。

森林布告欄

快來收養無依無靠的小兔子

現在，在森林和田野裡，徒手就可以捉到小兔子。小兔子的腿還很短，跑得並不快。得餵牠們牛奶，以及一些新鮮的甘藍菜葉和其他蔬菜。

請注意！

養育長耳朵的小傢伙，一定不會讓你寂寞，因為兔子是有名的鼓手！小兔子白天時安安靜靜的待在木箱裡，到了晚上，就用腳爪敲木箱，好像打鼓一樣，馬上會把你吵醒！要知道，兔子是夜行性動物呀！

快搭個小棚子

快點在河岸、湖岸或是海岸邊搭個小棚子吧！早晨或傍晚，你可以到小棚子裡安安靜靜的坐著。候鳥南飛時，躲在小棚子裡可以看見許多有趣的事情：野鴨從水裡爬上岸，站在岸邊，離你很近，可以清楚看見牠們身上每一根羽毛；鴴鷸等鳥類在周圍走來走去；潛鴨和潛鳥在附近游來游去；鷺鷥飛過來，停在小棚子旁邊；還可能看見一些夏天在這裡看不到的鳥呢！

第七次競賽

☆射箭要打中靶心！答案要對準題目！

1. 秋天落葉的時候，哪種動物還會生小寶寶？
2. 秋天時，哪些樹木的葉子會變紅？
3. 可以把蜘蛛叫做昆蟲嗎？
4. 列寧格勒所有的候鳥，秋天時是不是都向南飛？
5. 為什麼雄麋鹿又叫做「犁角獸」？
6. 螞蟻怎樣準備度冬？
7. 秋天時，蝴蝶躲到哪裡去？
8. 為什麼有些鳥類在晚上遷徙？
9. 蠑螈夏天住在哪裡？冬天住在哪裡？

10 科學家為什麼要幫鳥類戴上腳環？

11 風滾草怎樣傳播種子？

12 比煤灰還黑，比白雪還白，有時比房子還高，有時比青草還低。（謎語）

13 待著的時候發綠，飛著的時候轉黃，落下的時候變黑。（謎語）

14 身體長又細，掉在草裡爬不起。（謎語）

15 小小賊骨頭，身穿灰衣服，跳來跳去在田裡，五穀雜糧填肚皮。（謎語）

第8期

儲備糧食月

秋季第二月 10月21日~11月20日

太陽的詩篇

十月，落葉，泥濘，天氣變冷了。

專採樹葉的西風，從林中樹木上扯下最後一批枯葉。陰雨連綿。一隻溼答答的烏鴉，寂寞又無聊的蹲在籬笆上。牠也快要動身了。在我們這裡過夏的黑頭鴉，已經悄悄的飛去南方了；同樣悄悄的飛來了一批在北方出生的黑頭鴉。原來烏鴉也是候鳥。在遙遠的北方，烏鴉跟我們這裡的禿鼻鴉一樣，是春天最先抵達、秋天最後飛走的鳥。

秋天完成了它的第一項任務：為森林脫衣裳，現在開始執行第二項任務：使水越變越涼、越變越涼。早晨，水窪越來越常被一層鬆脆的薄冰覆蓋起來。和空中一樣，水裡的生命越來越少。夏天曾經在水上炫耀的花兒，早就把種子丟到水裡，把長長的花梗縮回水下。魚兒游到深坑裡，深坑裡不結冰，牠們準備在那裡過冬。有一條長尾巴、身體軟綿綿的蠑螈，在池塘裡住了一個夏天，現在從水裡鑽出來，爬上陸地，在樹根下找了一個有青苔的地方過冬。死水都被冰封起來了。

陸地上有些動物的體溫受外界環境影響，現在牠們的體溫變得更低了。昆蟲、蜘蛛、蜈蚣等小動物不知道躲到哪裡去了。蛇爬到乾燥的坑裡，盤成一團，一動也不動。青蛙鑽到爛泥裡，蜥蜴躲到樹墩脫落的樹皮下冬眠。有些動物穿上了暖和的毛皮大衣；有些把自己洞裡的小儲藏室裝滿糧食；有些則為自己挖洞蓋窩。大家都在做過冬的準備……

秋風秋雨的日子裡，戶外有七種天氣：播種天、落葉天、毀壞天、泥濘天、怒號天、傾盆天，還有一種是掃葉天。

林中大事記

準備過冬

天氣還不太冷，可是不能大意呀！眼看著寒氣襲來，一下子就會把大地和水都冰封起來。那時候到哪裡去找食物呢？又有哪裡可以藏身呢？

森林裡，每一隻動物都在按照自己的方式準備過冬。該飛走的，拍動翅膀飛到別處避寒躲飢了；留下來的，都忙著裝滿倉庫，儲備冬糧。

短尾巴的田鼠搬運食物，搬運得特別起勁。許多田鼠直接在乾草堆或穀物堆下挖過冬的洞，每天夜裡從那裡偷運穀物。每個洞都有五、六條小通道，每條通道都通往一個出入口。

冬天，田鼠要到天氣很冷的時候才睡覺。因此，牠們有時間準備大量的穀物。有些田鼠的洞裡甚至囤積了四、五公斤的穀物！

這些小齧齒動物專門偷人們的穀物，得防備牠們損害收成。

越冬的野草

樹木和多年生的野草都在準備越冬，壽命只有一年的野草已經播下它們的種子。不過，並不是所有一年生的野草都以種子的形態越冬。有的已經發芽了。很多一年生的雜草，在翻過土的菜園裡長了起來。在荒涼的黑土地上，可以看到薺菜一簇簇鋸齒狀的小葉子，以及野芝麻那與蕁麻相似，毛茸茸的紫紅色小葉子；還有小巧玲瓏的同花母菊、三色堇和菥蓂，當然還有討厭的繁縷。

這些小植物都準備度過冬天，活到明年秋天。

尼娜．巴甫洛娃

準備好越冬的植物

一棵多枝椏的椴樹上布滿了棕紅色的斑點，在雪地上很顯眼。樹上的棕紅色斑點並不是葉子，而是果實的翅膀，長得像舌頭。椴樹長長短短的樹枝上，結滿了這種有翅膀的果實。

不是只有椴樹有這種裝飾，瞧，這棵高大的樹是梣樹，樹上掛著多少果實呀！果實又細又長，好像豆莢，一簇一簇密密麻麻的掛在樹上。

不過，最漂亮的應該是花楸樹吧！花楸樹上到現在還保留著一串串鮮豔奪目且沉甸甸的果實。小檗上也還掛著漿果，衛矛也還在炫耀它們奇妙又美麗的果實——長得像是帶著黃色雄蕊的粉紅色花朵。

有些喬木沒來得及在入冬前傳下它們的後代。白樺樹枝上可看見東一簇西一簇乾了的柔荑果序，裡面藏著翅果。赤楊的黑色小毬果也還沒掉落。不過，白樺和赤楊都為春天準備了一些東西，那就是柔荑花序。春天一到，這些柔荑花序只要把身體伸直、將鱗片張開，就開花了。

榛樹也有柔荑花序，粗粗的暗紅色柔荑花序，每根枝條上有兩對。不過，榛樹上早就找不到榛果了。榛樹什麼都準備好了：跟它的後代告別了，也做好了入冬前的準備。

尼娜．巴甫洛娃

儲藏蔬菜

短耳朵的水田鼠夏天時住在小河邊。牠在地下挖了一個洞穴，這間地下房舍連著一條傾斜向下的通道，直通到水裡。

現在，水田鼠在離水比較遠而多草墩的草地上，為自己安排了一間舒適又溫暖的冬季房舍。有好幾條一百多步長的通道通到房舍。臥室設在一個很大的草墩下，裡面鋪著柔軟又暖和的草。臥室和儲藏室以特別的通道相連。儲藏室整理得井井有條，牠從田裡和菜園裡偷來、拖來的穀物、豌豆、蠶豆、蔥頭、馬鈴薯等等，都分門別類收藏在儲藏室裡。

松鼠的晒台

松鼠在樹上有幾個圓圓的巢。牠把其中一個圓巢當做存放糧食的倉庫，從樹林中收集來的榛果和毬果都儲藏在那裡。

另外，松鼠還採集了一些蕈菇，像是乳牛肝菌和白樺茸。牠把蕈菇串掛在松樹斷掉的樹枝上晒乾。

冬天缺乏食物的時候，牠就在樹枝上爬來爬去，吃這些乾蕈菇。

活的儲藏室

寄生蜂為牠的幼蟲找了一間奇特的儲藏室。寄生蜂有飛得很快的翅膀，彎彎的觸角下有一雙敏銳的眼睛，細瘦的腰連接著胸部和腹部，腹部末端有一根和針一樣，細長又筆直的「產卵管」。

夏天時，寄生蜂找到一條又肥又大的蝴蝶幼蟲。牠飛到幼蟲身上，把產卵管刺進幼蟲的身體裡，將卵產在幼蟲體內。

寄生蜂飛走了。蝴蝶幼蟲很快就恢復正常，繼續啃食樹葉。秋天來臨時，幼蟲化成了蛹，而牠體內寄生蜂的卵也孵化出寄生蜂的幼蟲。

寄生蜂幼蟲在堅固的蛹裡面，既暖和又安全。而蝴蝶的蛹，也就是寄生蜂幼蟲的食物，足夠牠吃一年。

第二年夏天，蛹裂開了，可是飛出來的不是蝴蝶，而是身體細長的寄生蜂。寄生蜂是人類的朋友，因為牠們能幫我們消滅害蟲。

自己就是儲藏室

許多動物不會特地建造儲藏室——牠們自己的身體就是儲藏室！秋天時，牠們盡情的吃，吃得肥肥胖胖的，長出一身脂肪和肉，這就成了牠們的儲藏室。

脂肪就是儲藏起來的養分，在皮下累積成厚厚的一層。動物沒有東西吃的時候，身體會分解脂肪，並利用血液輸送到全身。

冬天冬眠的熊、獾、蝙蝠以及其他大大小小的動物，都是這樣做：把肚皮填得滿滿的，然後倒頭大睡。

脂肪還可以保暖，不讓寒氣滲到身體裡面。

賊偷賊！

森林裡的長耳鴞很狡猾又愛偷東西，竟然有小偷敢去偷牠的東西！

長耳鴞的外表很像鵰鴞，只是體型比較小。牠的嘴喙像鉤子，頭上豎立著兩簇羽毛，眼睛又圓又大。不管夜有多黑，牠的眼睛什麼都看得清楚，耳朵什麼都聽得見。

野鼠在枯葉堆裡才剛發出窸窸窣窣的聲響，長耳鴞馬上飛到那裡，嘟的一聲，野鼠就被牠抓到半空中；兔子一跑過林中的空地，這個夜間的強盜立刻飛到牠的頭上，嘟的一聲，兔子已經在牠的利爪中掙扎了。

長耳鴞把啄死的野鼠帶回自己的樹洞裡。牠自己不吃，也不給別人吃。牠留著，下雨天的時候才有東西吃。

牠白天待在樹洞裡，守著儲藏的東西，夜裡飛出去打獵。牠常常回到樹洞裡看一看：東西還在嗎？

長耳鴞忽然發覺，儲藏的東西好像變少了。這位主人眼睛很尖，牠雖然不會數數，可是會用眼睛盤算。

天黑了。長耳鴞肚子餓了，飛出去獵食。牠回來一看，一隻野鼠也沒有了，只看見樹洞底下有一隻跟野鼠差不多大的灰色小動物在動。牠想抓住那隻小動物，可是小動物竄過樹洞下面的裂縫，溜到地面上逃走了，嘴裡還叼著一隻小野鼠呢！

長耳鴞追了過去，差不多就要追上了，可是仔細一看，就不去搶牠嘴裡的野鼠了。原來這個小偷是凶猛的伶鼬。

伶鼬專靠搶劫為生。牠個子雖然小，卻很勇猛又靈活。如果長耳鴞被牠一口咬住胸脯，就休想掙脫了。

夏天又來了嗎？

天氣一會兒寒冷，一會兒暖和。冷的時候，寒風刺骨；一會兒出了太陽，又變得暖和而寧靜，好像夏天突然回來了一樣。

黃澄澄的蒲公英和櫻草從草叢裡探出頭。蝴蝶在空中飛舞。蚊蟲成群結隊，像一根輕飄飄的圓柱，在空中迴旋。不知道從哪裡飛來一隻小鳥——小巧玲瓏的鷦鷯，翹著尾巴唱起了歌，歌聲熱情又嘹亮。高大的雲杉上傳來遲飛的柳鶯溫柔的歌聲，輕巧而憂鬱，就好像雨點打在水面上：「喊、清、卡！喊、清、卡！」

你會忘記冬天快來了。

青蛙受難記

池塘以及池塘裡的房客，整個被冰封起來了。可是後來冰又突然融化了。農村的村民決定把池底清理一番，而從池底挖出了一堆爛泥。

太陽一直晒著，泥堆散發著水蒸氣。忽然間，淤泥動了起來，一團淤泥從泥堆彈出來，滾到地上。這是怎麼一回事？

泥團裡露出一條尾巴，在地上抽動。抽動著，抽動著，撲通一聲跳回池塘的水裡去了！第二個泥團、第三個泥團也跟著跳下去。

可是另一些泥團卻伸出腿，從池塘邊跳開了。真是奇怪！

其實這些並不是泥團，而是渾身裹著爛泥的活鯽魚和活青蛙。牠們鑽到池底去過冬，可是村民卻把牠們連同淤泥一起挖了出來。太陽晒熱了爛泥堆，於是鯽魚和青蛙都醒來了。牠們一醒就跳起來，鯽魚回到池塘裡，青蛙去找更清靜的地方，以免睡得迷迷糊糊的又被人挖出來。

幾十隻青蛙好像商量好了一樣，朝同一個方向跳去。在打麥場和大路那邊還有一個池塘，比這個池塘更大更深。青蛙已經跳到大路上了。

但是，秋天裡太陽的撫愛是不可靠的。

烏雲把太陽遮住了，從烏雲下吹來了寒冷的北風。赤身露體的小旅行家冷得要命，用盡全身力氣又跳了幾下，就倒在地上了。腳凍得痲痺了，血液也凝固了，一下子就直僵僵的不能動彈了。

青蛙再也跳不動了，全都凍死了。所有的青蛙，頭都朝著同一個方向，朝著大路那邊的大池塘。那個大池塘裡滿是救命的暖和淤泥。

紅胸小鳥

夏天時，我在森林裡走，聽見茂密的草叢裡有什麼東西在跑。我嚇了一跳。後來我仔細觀察，原來是一隻小鳥被青草絆住了。這隻小鳥個子小小的，渾身上下是灰色的，只有胸脯是紅色的。我把牠帶回家，牠讓我高興得手舞足蹈。

回到家，我餵牠吃一些麵包屑。牠吃了東西，就活潑起來了。我為牠做了一個籠子，又捉蟲給牠吃。牠在我家裡住了一個秋天。

有一天，我出去玩，籠子沒有關好，我家的貓就把小鳥吃掉了。

我很愛這隻小鳥，甚至哭了一場。可是有什麼辦法呢！

森林通訊員　奧斯坦寧

捉了一隻松鼠

松鼠會在夏天採集存糧，留到冬天吃。我親眼看見一隻松鼠，從雲杉上摘下一顆毬果，拖到樹洞裡。我在這棵樹上做了記號。後來，我們砍倒這棵樹，把松鼠捉出來，發現樹洞裡有很多毬果。

我們把松鼠帶回家，養在籠子裡。有個男孩把手指頭伸到籠子裡，松鼠一口就咬穿了他的手指頭——松鼠就是這麼厲害！

我們給牠許多雲杉毬果，牠喜歡吃，但最愛吃的還是堅果。

森林通訊員　斯米爾諾夫

我的小鴨

我的媽媽在一隻母火雞身下放了三顆鴨蛋。

到了第四個星期，孵出好幾隻小火雞和三隻小鴨。在牠們長大強健之前，我們一直把牠們飼養在暖和的地方。後來有一天，我們讓母火雞帶小火雞和小鴨到外面去。

我們家附近有一條水溝。小鴨馬上搖搖擺擺的走進水溝裡，游了起來。母火雞急忙跑過去大叫著：「哦！哦！」牠看見小鴨自由自在的在水裡游著，就放心的帶著小火雞走開了。

小鴨游了一會兒，覺得冷了，就從水裡爬出來，唧唧的叫著，渾身發抖，卻沒有地方取暖。

我們把小鴨放在手裡，用手帕蓋起來，送進屋裡。牠們立刻安靜下來。牠們就這樣在我家裡生活。

一大清早，三隻小鴨從家裡放出去，立刻跳進水裡。牠們只要一覺得冷，馬上就往家裡跑。牠們的翅膀還沒長齊，飛不上台階，就開始叫喚。只要有人把牠們捉到台階上，牠們就進屋朝著我的床跑過來，站在床邊，伸長脖子一個勁兒的叫喚。我還在睡覺，媽媽把牠們捉到床上，牠們就鑽進我的被窩睡著了。

快到秋天的時候，牠們長大了，而我也到城裡上學了。我的小鴨還一直想念我，老是叫喚。我聽到這個消息後，流了不少眼淚。

森林通訊員 薇拉．米赫耶娃

星鴉之謎

我們這邊的森林裡有一種烏鴉，體型比黑頭鴉小一點，身上布滿斑點，叫做「星鴉」。牠會收集松子和堅果，貯藏在樹洞裡和樹根底下，作為度冬的糧食。冬天時，星鴉從這個地方遊蕩到那個地方，從這座森林飛到那座森林，享用著貯藏的糧食。

牠是享用自己貯藏的糧食嗎？不是。每隻星鴉享用的，都不是自己貯藏的松子，而是其他星鴉貯藏的。牠飛到從來沒到過的小樹林，馬上尋找其他星鴉貯藏的松子。牠查看各個樹洞，在樹洞裡找到了松子。

藏在樹洞裡的當然好找，可是藏在樹根下和灌木叢下的松子，在冬天怎麼找？冬天，大地整個被白雪覆蓋起來了呀！然而，星鴉飛到灌木叢邊，挖開灌木叢下面的雪，總是能夠百分之百正確的找到其他星鴉藏在那下面的松子。周圍有上千棵喬木和灌木，牠怎麼知道這一棵樹下藏著松子呢？是憑什麼記號找到的呢？

目前還不知道。我們得設計一些奧妙的試驗，好弄清楚星鴉究竟是用什麼辦法，在一片白茫茫的雪地中，找到其他星鴉貯藏的松子和堅果。

真的好可怕

樹上的葉子掉光了，森林變得稀稀疏疏的。

森林裡，一隻兔子躲在灌木叢下，身體貼著地面，兩隻眼睛東張西望，心裡很害怕。周圍老是窸窸窣窣的響，是樹枝上的鷹在拍翅膀嗎？是狐狸的腳爪把落葉踩得沙沙作響嗎？這隻兔子的毛色正在變白，渾身斑斑駁駁的。就等著下第一場雪了！四周是那麼明亮，森林五彩斑斕，地上到處是黃色、紅色和棕色的落葉。

萬一，獵人來了怎麼辦？

跳起來逃跑嗎？往哪裡跑呀？一跑的話，枯葉會像鐵片似的在腳下沙沙亂響，光是腳步聲就會把自己嚇瘋呀！

兔子躲在灌木叢下，身體藏在苔蘚裡，緊靠著一截白樺樹墩。牠趴在那裡，一動也不動，只有兩隻眼睛不停的張望。

好可怕呀……

女巫的掃帚

現在，樹木都光溜溜的，可以看見它們上面有一些夏天看不到的東西。喏，遠處有白樺樹，上面好像布滿了禿鼻鴉的巢。可是走近一看，會發現那根本不是什麼鳥巢，而是一簇簇往四面八方生長、黑不溜丟的細樹枝，這些叫做「女巫的掃帚」。

回想一下隨便哪個關於女巫或巫婆的童話吧！俄羅斯童話中的雅嘎巫婆，會坐著石臼在空中飛行，沿路用掃帚掃掉自己留下的痕跡。有些故事中的女巫則是騎著掃帚從煙囪飛出來。不論是巫婆或女巫，都離不開掃帚，所以她們在幾種樹木上塗了藥，讓樹木長出一簇簇難看的細樹枝，像掃帚一樣。這就是為什麼樹上會有女巫的掃帚。

當然，這種說法是不科學的。那麼，科學的說法是怎樣的呢？事實上，樹木這些一簇簇叢生的細樹枝是病變的緣故，由特殊的蜱蟎或特殊的真菌引起的。榛樹上的蜱蟎又小又輕，風隨便就能把牠們吹起來。蜱蟎落在樹枝上，就鑽進芽裡面，住了下來。芽是幼嫩的莖、葉，能發育長成枝條和葉子。蜱蟎並不會啃食芽，而是吸食芽的汁液。牠們吸食汁液時，會把病菌傳染給芽，芽就生病了。等到芽開始發育的時候，嫩枝會以神奇的速度生長，比普通的生長速度快六倍。

病芽發育成一根短短的嫩枝，嫩枝又立刻長出側枝，側枝又長出側枝……，就這樣不斷的分枝又分枝，原本只有一個芽的地方，長出了一把奇形怪狀的女巫掃帚。

真菌也會引起這種病變。當真菌的孢子侵入植物的芽，在裡面生長發育時，也會使植物的枝條不正常增生。

樺樹、赤楊、山毛櫸、千金榆、楓樹、松樹、雲杉、冷杉和其他各種喬木、灌木，都可能有女巫的掃帚。

活的紀念碑

現在正是植樹的熱鬧時候。

在這項歡樂又有益的活動中，孩子的表現一點也不比成年人遜色。他們小心的挖出冬眠中的小樹，避免傷害到樹根，把它們移植到新的地方。春天時，小樹從冬眠醒來，就開始生長，帶給人們喜悅和益處。每一位栽種過或照料過小樹的孩子，就算只有一棵樹而已，都是為他自己立了一座奇妙的綠色紀念碑，一座活生生的紀念碑。

孩子們想到一個好主意，他們在花園、菜園和校園裡建造籬笆——種得密密麻麻的灌木和小樹構成的活籬笆，不僅可以阻擋塵土和白雪，還能吸引許多鳥兒，牠們可以在這裡找到可靠的藏身之處。到了夏天，金翅雀、朱頂雀、林鶯和其他善於唱歌的鳴禽，會在活籬笆裡築巢，孵出雛鳥，並熱心積極的保護花園和菜園，不讓有害的青蟲和其他昆蟲來侵犯。牠們還會唱歡樂的歌給我們聽呢！

候鳥飛往度冬地去了（下）

鳥為什麼要遷徙？

這個問題好像很簡單——既然有翅膀，想往哪兒飛，就往哪兒飛！這裡天氣冷了，挨餓的日子開始了，就鼓起翅膀，往南飛一段路，飛到比較暖和的地方。要是那裡天氣也變冷了，就再飛遠一些。如果飛到一個氣候適宜、食物充足的地方，就留下來度冬吧！

事實上並沒有這麼簡單。不知道為什麼，我們這裡的朱雀飛到印度度冬，而西伯利亞的隼卻經過印度以及幾十個適合度冬的熱帶地方，飛到澳洲去。

大家都知道，在遠古時候，俄羅斯大部分地區曾經屢次遭受冰河侵襲。死氣沉沉的冰河排山倒海覆蓋了這裡大片的平原，又慢慢的退卻，這個過程持續了幾百年，之後又捲土重來，覆蓋了所有生物。

鳥類靠牠們的翅膀保全了性命。第一批飛走的鳥占據了冰河邊緣的土地，下一批鳥飛得遠一些，再下一批飛得更遠一些。冰河退卻時，被冰河從巢裡趕走的鳥，飛回了自己的故鄉。飛得不遠的，最先回來；飛得遠一些的，下一批回來；飛得更遠一些的，再下一批回來。這種過程非常緩慢，好幾千年才輪迴一次！鳥類可能是在這種漫長的時間間隔裡，養成了習慣：秋天天氣轉冷時，離開築巢地；春天有太陽的時候，再回到原來的地方。這樣的習慣「滲入了血肉」，長期保留了下來。因此，候鳥每年從北往南飛。地球上沒有過冰河的地方，沒有大批的候鳥，這項事實支持了這個推論。

其他原因

可是，秋天時，鳥類並不是都往南方，向溫暖的地方飛，有些鳥類往別處飛，甚至有的往北方，向寒冷的地方飛。

有些鳥只是因為我們這裡的地面被深雪覆蓋，水被堅硬的冰封住，牠們沒有東西吃而離開這裡。只要地面開始解凍，禿鼻鴉、椋鳥、百靈鳥等馬上就回來了；江河湖泊的冰一融化，海鷗和野鴨立刻就出現了。

絨鴨無論如何也不能留在干達拉克沙禁獵區度冬，因為白海冬天時會被一層厚厚的冰封起來。牠們不得不往北飛，因為更北的地方有墨西哥灣流流過，那裡的海水冬天不會結冰。

如果冬天從莫斯科往南走，才到烏克蘭，就可以看到禿鼻鴉、百靈鳥和椋鳥。山雀、歐亞鷽、黃雀等在我們這裡被視為留鳥，跟這些留鳥比起來，禿鼻鴉、百靈鳥和椋鳥只不過飛到稍微遠一點的地方度冬。要知道，許多留鳥並不是一直住在同一個地方，牠們會移棲。只有城裡的麻雀、寒鴉、鴿子，以及森林和田野裡的野雉，一年四季住在同一個地方。其餘的鳥，有些會飛到近一點的地方，有些會飛到遠一些的地方。怎麼斷定哪種鳥是真正的候鳥，哪種鳥只是移棲而已呢？

以朱雀來說，我們很難說這種紅色的雀鳥只是移棲而已，因為牠飛到印度度冬。金黃鸝也一樣，牠飛到非洲度冬。牠們成為候鳥的原因，好像跟大多數候鳥不一樣。並不是冰河的侵襲和退卻使牠們變成候鳥，而是其他什麼原因。

你看看雄朱雀，好像一隻普通的麻雀，但是頭和胸部特別紅。更令人驚奇的是金黃鸝，渾身上下是金黃色的，還有兩隻黑翅膀。你不由得會想：「這些鳥的服裝真華麗，不像是我們北方的鳥，牠們是來自遙遠的熱帶地方的客人嗎？」

你想的沒錯！金黃鸝是典型的非洲鳥類，朱雀是印度鳥類。也許情況是這樣的：這些鳥類數量太多了，年輕的鳥不得不尋找新的地方來孵育雛鳥。於是，牠們往鳥類沒那麼多的北方遷徙。北方的夏天並不冷，即使是剛出生的雛鳥，渾身光溜溜的也不會感冒。等到天氣變冷了，也吃不飽了，就回故鄉去，與故鄉的同類和和睦睦的住在一起，當地的同類是不會趕走牠們的。到了春天，牠們又飛到北方繁殖。就這樣，過了幾千幾萬年，飛去又飛回，飛去又飛回……，於是形成了遷徙的習性：金黃鸝往北飛，經過地中海飛到歐洲去；朱雀從印度往北飛，經過阿爾泰山脈飛到西伯利亞，然後往西飛，經過烏拉爾往前飛。

這種推論認為，鳥類對於繁殖地的需求促成了遷徙的習性，比方說朱雀，最近幾十年來，我們觀察到這種鳥越來越往西遷徙，擴展到了波羅的海沿岸。冬天時，牠們還是照舊飛回印度的故鄉。

這些關於鳥類形成遷徙習性的推論，能解答一些問題。不過，鳥類的遷徙還是有很多沒有破解的謎。

一隻杜鵑的故事

我們列寧格勒附近，澤列諾高爾斯克的一座花園裡，有一個歌鴝的鳥巢。這隻杜鵑就在這個巢裡誕生。

你不必問，牠怎麼孤伶伶的出現在老雲杉樹根旁一個舒舒服服的巢裡。你也不必問，這隻杜鵑給牠的歌鴝養父母帶來了多少麻煩、牽掛和不安。歌鴝夫婦好不容易才把這隻體型比牠們大三倍的貪吃鬼餵大。有一天，花園的主人走到鳥巢旁邊，把已經長出羽毛的小杜鵑拿出來，仔細查看後，又放了回去。歌鴝夫婦嚇得半死。這時候，小杜鵑左邊翅膀上由白羽毛構成的斑點，已經很明顯了。

最後，小小的歌鴝總算把養子餵大了。但是小杜鵑離開巢後，一看見牠們，還是張開紅黃色的大嘴，嘶啞的叫著要東西吃。

十月初，花園裡的樹木大多光禿禿的了，只有一棵櫟樹和兩棵老楓樹還沒脫下身上色彩鮮豔的葉子，這隻杜鵑不見了。至於成年的杜鵑，早在一個月前就離開這片森林了。

這年冬天，這隻杜鵑跟我們這裡其他杜鵑一樣，在非洲南部度過。夏天飛到我們這裡來的杜鵑，就是從那裡來的。

今年夏天，也就是不久之前，花園主人看見老雲杉上停著一隻雌杜鵑。他擔心牠會破壞歌鴝的巢，就用空氣槍把牠打死了。

這隻杜鵑左邊的翅膀上有一個明顯的白斑。

依舊還有祕密

關於候鳥遷徙的起源，也許我們推論得不錯，但是下面這些問題又該怎麼解答呢？

候鳥遷徙的路程長達好幾千公里，牠們怎麼認識這條路的呢？以前人們以為，秋天每個遷徙的鳥群裡，至少有一隻老鳥率領年輕的鳥，沿著牠熟悉的路線，從築巢地飛到度冬地。但現在證實了，今年夏天才從我們這裡孵出來的鳥群裡，沒有老鳥率領。有些種類的鳥，年輕的鳥比老鳥先飛走；有些種類的鳥，老鳥比年輕的鳥先飛走。但不管怎樣，年輕的鳥都能按時飛抵度冬地，毫無差錯。

真是奇怪！鳥的腦只有一丁點大，就算這樣的腦能記住千百公里長的路程，可是幼鳥在兩三個月前才出生，從來沒飛過這趟路，牠怎麼會知道遷徙的路線？實在是讓人百思不解！

比方說我們澤列諾高爾斯克那隻杜鵑，牠怎麼能找到杜鵑在非洲南部度冬的地方呢？所有老杜鵑都比牠早飛走一個月，並沒有老鳥為牠帶路。杜鵑是性格孤僻的鳥，從來不成群結隊，遷徙時也是單獨飛行。牠是歌鴝養大的，而歌鴝是飛到高加索去度冬的鳥。這隻杜鵑怎麼能飛到非洲南部，杜鵑世世代代度冬的地方呢？而且飛去之後，又怎麼回到歌鴝把牠從蛋裡孵出來、養大的鳥巢呢？

年輕的鳥怎麼知道牠們該飛到哪裡去度冬呢？

親愛的《森林報報》讀者，你們得好好研究一下這個鳥類的祕密。說不定，這個祕密還得留給你們的孩子去研究。

要解答這些問題，首先得放棄像「本能」這類難懂的詞彙。要設計千千萬萬個巧妙的試驗來做，以便澈底弄明白：鳥類的智慧和人類的智慧有什麼不同？

農村生活

農村新聞

拖拉機不再轟隆隆的響了。農村裡，亞麻的分類工作已經結束了，最後幾批載著亞麻的貨車魚貫的開向車站。

農村的村民正在考慮接下來種些什麼。選種站為全國農村培育了黑麥和小麥的優良新品種，村民就是在考慮這些麥子的事情。

田裡的工作比較少了，家裡的工作增多了。村民現在把注意力放在家畜的圈養上。農村的牛羊被趕進畜欄裡，馬也被趕進馬廄裡了。

田野空了。一群群灰山鶉走到離人類住家比較近的地方來了。牠們在穀倉附近過夜，有時候還飛到村莊裡。打灰山鶉的季節過去了。有槍的村民現在開始去打兔子了。

養雞場點燈

勝利農村養雞場的電燈點亮了。現在白晝短了，村民們決定每晚用燈光照亮養雞場，延長雞的散步時間和進食時間。

雞高興極了。電燈一亮，牠們馬上撲在爐灰裡洗澡。一隻喜歡鬧事的公雞歪著頭用左眼看著電燈說：

「咯！咯！如果你掛得再低一點，我一定啄你一口！」

營養又美味

乾草粉是飼料最好的調味料，是用最高級的乾草製成的。

吃奶的小豬如果想快點長成大豬，就吃乾草粉！

負責下蛋的蛋雞想天天下蛋，「咯咯噠！咯咯噠！」的炫耀新下的蛋，就吃乾草粉！

新生活農村的報導

村民在果園裡忙著修整蘋果樹，要把它們整理乾淨，打扮起來。它們身上除了灰綠色的胸飾——地衣之外，什麼也沒有。村民從蘋果樹上取下這種裝飾物，因為裡面有害蟲。村民還在樹幹和靠近地面的樹枝上塗石灰，免得蘋果樹又生蟲，也可避免它們被太陽灼傷，還能保暖。現在蘋果樹穿上了白衣裳，顯得非常漂亮。難怪老村長開玩笑說：

「我們在節日前把蘋果樹打扮起來，不是沒有原因的，我要帶這些漂亮的蘋果樹去遊行！」

適合百歲老人採的蕈菇

黎明農村有一位名叫「阿庫麗娜」的百歲老婆婆，《森林報報》的通訊員去訪問她的時候，她不在家。阿庫麗娜老婆婆去採蕈菇了，回來時帶了滿滿一袋的松口蜜環菌。她說：

「一個個單獨生長的蕈菇很難發現，我的眼睛已經不行了，找不到那種蕈菇。我採回來的這種蕈菇會成片的生長，什麼地方只要有一個，就有上百個！我很喜歡這種蕈菇，而且它們時常長在樹墩上，也就更加顯眼。這種蕈菇最適合老婆婆採了！」

冬前播種

勞動者農村的村民正在田壟上播種萵苣、蔥、胡蘿蔔和歐芹。種子撒在冰涼的土裡。村長的孫女說，種子很不高興。因為她聽見種子大聲的抱怨：「不管你們播不播種，天氣這麼冷，我們是不會發芽的！你們愛發芽，自己去發芽吧！」

其實，村民這麼晚才播下這批種子，就是不要讓它們在秋天發芽。但是到了春天，它們會很早發芽、很早成熟。早一點收穫到萵苣、蔥、胡蘿蔔和歐芹，可是一件好事啊！

農村的植樹週

俄羅斯各地都開始了植樹週，苗圃裡已經預備好大批的樹苗。各個農村都在開闢新的果園和漿果園，面積有幾千公頃，各地的村民還會把上百萬棵的蘋果樹、梨樹和其他果樹，栽種在住家院子旁的土地上。

列寧格勒塔斯通訊社

城市新聞

動物園裡

動物園的鳥獸從夏天的露天住所，搬到冬天的住所了。牠們的籠子裡升了火，暖暖和和的。因此，沒有一隻動物會進入冬眠狀態。

園裡的鳥沒有飛出籠子，在一天之內就從寒冷的地方搬到暖和的地方了。

沒有螺旋槳的飛機

最近這些日子，總有一些奇怪的小飛機在城市上空盤旋。行人常常在街上停下腳步，抬頭注視這些慢慢兜著圈子的飛機。他們互相問：

「看見了嗎？」

「看見了，看見了。」

「奇怪，怎麼聽不見螺旋槳的聲音？」

「也許是因為飛得太高了，你看，它們多麼小啊！」

「就算飛低了，你也不會聽見螺旋槳的聲音。」

「為什麼？」

「因為它們根本沒有螺旋槳。」

「怎麼會沒有螺旋槳！難道是新型的飛機？叫什麼型號啊？」

「鵰！」

「你在開玩笑？列寧格勒哪來的鵰！」

「真的有，牠們叫『金鵰』，現在正在搬家，往南遷徙。」

「原來如此！嗯，現在我也看清楚了，真的是鳥在盤旋。如果你不說，我還以為是飛機呢！實在太像飛機了，怎麼不拍一下翅膀呢……」

快去看野鴨！

最近幾個星期以來，涅瓦河上的斯密特中尉橋附近、彼得羅巴甫洛夫斯克要塞附近和其他地方，經常有許多奇形怪狀、顏色繁多的野鴨。有跟烏鴉一樣黑的黑海番鴨，有翅膀帶著白斑的斑臉海番鴨，有雜色的長尾鴨，尾巴像織毛線的棒針，還有黑白兩色相間的鵲鴨。

牠們一點也不怕城市的喧囂。

當黑色的蒸汽拖船迎風破浪，鐵製的船頭衝向牠們的時候，牠們也不害怕，往水裡一鑽，再從距離原處幾十公尺遠的地方鑽出水面。

這些善於潛水的野鴨都是遷徙的候鳥，每年到我們列寧格勒來作客兩次，春天一次、秋天一次。

當拉多牙湖中的冰塊流到涅瓦河的時候，牠們就飛走了。

給風打分數（下）

我們很幸運，暴風和颶風在俄羅斯很罕見，好多年才有一次。

分數	風的名稱	風速	風作用的情形
7	疾風	每秒13.9至17.1公尺 每小時50至61公里	迎風步行費力氣。輕度的大浪，浪峰上的水沫被刮得四處飛濺。
8	大風	每秒17.2至20.7公尺 每小時62至74公里	吹斷小樹枝，迎風行走很困難。有中度的大浪，漁船靠港不出。
9	烈風	每秒20.8至24.4公尺 每小時75至88公里	建築物有小損傷，屋頂的瓦片可能被吹掉。

10	狂風	每秒24.5至28.4公尺 每小時89至102公里	破壞性大。
11	暴風	每秒28.5至32.6公尺 每小時103至117公里	和賽鴿的速度差不多。破壞性很大。
12	颶風	每秒32.7至36.9公尺 每小時118至133公里	和隼的速度差不多。破壞性非常非常大。

一到六級的風，請參閱《森林報報》第三期。

鰻魚的最後一次旅行

秋天來到大地，秋天也來到水底。

水變冷了，老鰻魚開始最後一次旅行。

牠們從涅瓦河動身，經過芬蘭灣、波羅的海和北海，游到水很深的大西洋。牠們在河裡生活了一輩子，可是沒有一條會再回到河裡。牠們都將在幾千公尺深的海洋裡，找到自己的墳墓。

不過，牠們要產完卵才死。海洋深處並不像我們想像的那麼冷，那裡的水溫大概有攝氏七度。不久，魚卵會孵化成像玻璃一樣透明的小鰻魚。幾十億條小鰻魚將踏上漫長的旅途，三年後游進涅瓦河口。

牠們會在涅瓦河裡成長，長成大鰻魚。

打獵的故事

秋天打獵

清新的秋天早晨，一位獵人背著槍到郊外。他用短皮帶牽著兩條獵狗，這兩條狗胸脯很寬，長得壯壯實實的，黑色毛裡夾雜著棕黃色斑點。

他走到樹林邊，解下拴著獵狗的皮帶，把牠們「丟」到樹林裡。兩條獵狗都竄進灌木叢裡。

獵人悄悄的沿著樹林邊緣走，走在動物習慣走的小徑上。他站到灌木叢對面一截樹墩後面，那裡有一條隱隱約約的林中小徑，從林中一直通到下面的小山谷。

他還沒來得及站穩，兩條獵狗就找到動物的蹤跡了。最先叫起來的，是老獵狗多貝華依，牠的叫聲低沉而嘶啞。年輕的禮利華依也跟著牠汪汪的叫了起來。

獵人一聽叫聲就知道，牠們吵醒了兔子，把兔子趕出來了。秋天的地面被雨水弄得全是爛泥，變得黑糊糊的。現在兩條獵狗正在爛泥上用鼻子嗅著兔子的足跡，向前追趕。

牠們一會兒離獵人近，一會兒離獵人遠，因為兔子一直在兜圈子。

哎呀，傻瓜！兔子不是在那裡嗎？兔子棕紅色的皮毛不是在山谷裡一閃一閃的嗎？

獵人錯過了機會……

但那兩條獵狗，多貝華依在前面，禮利華依吐著舌頭跟在後面。牠們緊追著兔子，跑進山谷裡了。

沒關係，還會追回樹林這裡來的。

多貝華依只要發現了動物，就會一直追，不會放過，也不會錯失。牠是一條訓練有素的好獵狗。

又跑過去了，又跑過去了。兜著圈子跑，又回到樹林了。

獵人心裡想：「兔子還會跑到這條小徑的，這次我絕不會錯過！」

突然安靜了一會兒……咦，這是怎麼一回事？為什麼一條獵狗在東邊叫，一條獵狗在西邊叫？

現在，帶頭的老獵狗不叫了，只有禮利華依在那裡叫。

安靜下來了……

又傳來帶頭獵狗多貝華依的叫聲，但是這次的聲音跟剛才不一樣，顯得比剛才激烈，而且有些沙啞。禮利華依尖著嗓子，上氣不接下氣的跟著叫了起來。

牠們找到了另外一隻動物的蹤跡！

是什麼動物呢？一定不是兔子。

八成是紅色的……

獵人急忙為獵槍換上子彈，裝進最大號的霰彈。

一隻兔子竄過小徑，跑到田野裡。

獵人看見了，但是沒有舉槍。

獵狗越追越近。兩條獵狗的聲音，一個嘶啞、一個尖細……突然，一隻有著火紅背脊、白色胸脯的動物衝到剛才兔子跑過的小徑上，朝著獵人跑過來——

獵人舉起槍。動物發現了獵人，把蓬鬆的尾巴往左甩，又往右甩。

可惜太晚了！

砰！狐狸被火藥拋到空中，然後直挺挺的摔在地上。

獵狗從樹林裡跑出來，撲向狐狸，咬住狐狸火紅色的毛皮，撕著扯著，眼看就要撕破毛皮了！

「放下！」獵人厲聲的制止牠們，趕緊跑過去，拿回寶貴的獵物。

地下的搏鬥

離我們農村不遠的森林裡，有一個出名的獾洞。這是從很久以前就有的洞。雖然叫做洞，但其實不是洞，而是一座被世世代代的獾縱橫挖通的山崗，是一個獾的地下交通網。

塞索伊奇帶我去看那個洞。我仔細觀察這座山崗，數了數，一共有六十三個洞口。山崗下的灌木叢裡還有一些看不出來的洞口。

一眼就能看出來，住在這座寬敞的地下隱蔽所裡的，不是只有獾，幾個入口處都有成堆的甲蟲在蠕動，像是埋葬蟲、糞金龜等等。這裡亂丟著許多雞骨頭、琴雞骨頭和榛雞骨頭，還有長長的兔子脊椎骨。甲蟲正在這些骨頭上忙碌著。獾不會做這種事，牠不捉雞和兔子吃，而且獾非常愛乾淨，從來不會把吃剩的食物或其他髒東西丟在洞裡或洞附近。

兔子、野禽和雞的骨頭說明了這裡住著一個狐狸家庭。牠們跟獾是鄰居，也住在這座山崗的地下。

有些洞被挖壞了，變成了壕溝。

塞索伊奇說：「我們這裡的獵人花了不少力氣，想把狐狸和獾挖出來，可是都白忙一場。不知道狐狸和獾都溜到地底下什麼地方去了。無論怎麼挖，也挖不出來。」

他沉默了一會兒，然後說：「現在我們來試試看，用煙把躲在裡面的傢伙熏出來！」

第二天早晨，塞索伊奇、我，還有一位小伙子，我們三個人向山崗走去。一路上，塞索伊奇老是開那個小伙子的玩笑，還說他是負責燒鍋爐的「鍋爐工人」。

我們三個人忙了很久，才把所有的洞口都堵住，只留下山崗下面一個、山崗上面兩個沒有堵住。

我們搬了一大堆刺柏和雲杉的枯樹枝，放在下面那個洞口。

我和塞索伊奇各自站在上面一個洞口附近，躲在小灌木後面。

「鍋爐工人」在下面的洞口點火，火燒旺時，又堆上許多雲杉。火堆冒出刺鼻的濃煙，不一會兒，煙就像冒進煙囪裡似的，衝進洞裡。

我和塞索伊奇擔任射擊手，我們在埋伏的地方不耐煩的等著濃煙從洞口冒出來。機靈的狐狸會先竄出來吧？還是會先滾出一隻又笨又懶的肥獾？牠們在裡面應該已經被煙熏得睜不開眼睛了吧？

可是，洞裡的動物真能忍耐。

我看到煙升到塞索伊奇跟前的灌木叢後面，也冒到我身邊了。

不用等很久，動物馬上就要打著噴嚏跑出來了。搞不好有好幾隻，一隻跟著一隻跳出來。

槍已經在肩膀上了，絕不能讓行動敏捷的狐狸逃掉！

煙越來越濃，一團團滾滾的往外冒，瀰漫到灌木叢來了，熏得我睜不開眼睛，眼淚也流出來了。

說不定就在眨眼睛、抹眼淚的時候，讓動物溜走了……

但動物還是沒有出來。

手托著抵在肩膀上的槍，非常累，我放下了槍。我們等了又等。小伙子不斷把枯樹枝加到火堆裡，但還是沒有動物跑出來。

「你覺得牠們是不是被煙熏死了？」在往回走的路上，塞索伊奇回答我說：「沒有，老弟，牠們沒被熏死！煙在洞裡是向上升的，而牠們鑽到地底下去了。誰知道裡面挖得有多深呀！」

這次的失敗讓塞索伊奇很沮喪。為了安慰他，我講了一段臘腸狗和剛毛獵狐㹴的事——這兩種獵狗都很凶猛，會鑽到獸洞裡捉獾和狐狸。塞索伊奇聽了，忽然振奮起來，要我找一條這樣的獵狗給他。無論如何都幫他弄一條這樣的獵狗來！

我只好答應盡力為他想想辦法。

不久之後，我就到列寧格勒去了。沒想到我的運氣很不錯，一位認識的獵人把他心愛的臘腸狗借給了我。

我回到村莊，把狗帶去給塞索伊奇，他竟然對我發脾氣：「怎麼？你是想來取笑我嗎？這隻小老鼠，別說是老狐狸，就是小狐狸也能把牠咬死，然後吐出來。」

塞索伊奇身材矮小，他對自己個子小很不滿意，也瞧不起其他個子小的人，包括個子小的狗。

臘腸狗的長相確實很滑稽：又矮又小，身體長長的，四條歪歪扭扭的短腿。可是當塞索伊奇不經意的向牠伸出手時，這條粗野的狗竟然露出堅固的牙齒，惡狠狠的咆哮起來，向他猛撲過去。塞索伊奇趕緊閃到一邊，然後說：「好傢伙！真凶呀！」然後就不再說話了。

我們剛走到山崗前，狗就暴跳如雷的衝向獸洞，差點把我的手扯得脫臼。我把拴著牠的皮帶解開，牠一溜煙就鑽進黑漆漆的洞裡了。

人類為了自己的需求，培養出一些奇怪的犬種——個子不大又會鑽洞的臘腸狗可說是最奇怪的一種。牠的身體像貂一樣細瘦，非常適合鑽洞；彎彎的腳爪很能挖土，還能牢牢的抵住泥土；窄長的嘴一咬住獵物就死命不放。我站在洞旁邊等著，忍不住這樣想：訓練有素的家犬和森林中的野生動物，在黑暗的地洞裡浴血決戰，會有什麼樣的結局？

一想到這裡，我開始提心吊膽。萬一狗沒有從洞裡出來呢？我怎麼有臉去見那位愛狗的主人？

地下正在追獵。雖然有一層厚厚的泥土擋著，我們還是聽到了狗響亮的叫聲。聲音好像不是從腳底下傳來的，而是從遙遠的地方傳來的。

狗的叫聲越來越近、越來越清晰，嘶啞的怒吼著。叫聲更近了……可是忽然又離遠了。

我和塞索伊奇站在山崗上，手裡緊握著用不上的獵槍，握得手指頭都痛了。叫聲一會兒從一個洞口傳出來，一會兒從第二個洞口傳出來，一會兒從第三個洞口傳出來。

突然叫聲斷了。

我知道這代表什麼——獵狗在黑暗地洞的某個地方，追上了動物，正在和牠廝殺！

這時候，我才忽然想到一件事，早在放獵狗進洞之前，我就應該想到的！進行這樣的狩獵，獵人通常要帶著鐵鍬，獵狗在地下跟動物交戰時，趕緊挖開牠們上方的土，以便在獵狗搏鬥失利時幫助牠。搏鬥發生在地面下大約一公尺深的地方時，可以這樣做，但是這個深洞，連煙都沒辦法把動物熏出來，還能怎麼幫助獵狗呢？

我該怎麼辦？臘腸狗一定會死在深洞裡的。牠在深洞裡，說不定要跟好幾隻動物搏鬥！

忽然又傳來低沉的狗叫聲。

我還沒來得及高興，狗叫聲就又沉寂了。這回真的完了。牠是一條英勇的狗，我和塞索伊奇在牠的墳墓前站了很久。

我不忍心離開。塞索伊奇先開口了：「老弟，咱們做錯事了！看來狗是遇到老狐狸或是貛了……」他遲疑了一下，又接著說：「怎麼樣？走吧！要不，再等一會兒。」

沒想到，這時候地下傳來了窸窸窣窣的聲音。洞裡露出一條尖尖的黑尾巴，接著是兩條彎曲的後腿和長長的身體，身體沾滿泥土和血跡，臘腸狗吃力的移動著。我高興得跑過去，抓住牠的身體，把牠拖出來。

一隻肥胖的老貛跟在狗後面，從黑暗的洞裡露出來，老貛一動也不動。臘腸狗死命咬住牠的脖子，狠狠的甩著，過了半天還不肯放下已經斷氣的對手，好像怕牠活過來似的。

本報特約通訊員

森林布告欄

人人都可以

想收回齧齒動物從田裡偷走的糧食，很簡單，只要學會尋找和挖掘田鼠洞就行了。

在這一期的《森林報》已經報導過了，這些有害的小動物從我們田裡偷走大批的穀物，搬回牠們的儲藏室。

請不要打擾我們

我們已經為自己準備好暖和的冬季住所，打算一覺睡到春天。

我們不侵犯你們，請你們也讓我們在寧靜中安穩的睡覺吧！

熊、獾、蝙蝠　同啓

第八次競賽

☆射箭要打中靶心！答案要對準題目！

1. 兔子是上山跑得快，還是下山跑得快？
2. 樹木掉光葉子時，我們可以發現鳥的什麼祕密？
3. 田鼠怎樣準備度冬？
4. 森林裡的什麼動物在樹上為自己晒蕈菇？
5. 種植灌木作為籬笆，有什麼好處？
6. 什麼動物夏天住在水邊，冬天住在地下？
7. 鳥類會為自己採集、儲藏冬天的食物嗎？
8. 「女巫的掃帚」是什麼？
9. 鰻魚在哪裡產卵？

⑩青蛙躲到哪裡去度冬？

⑪秋天時，獵人最好穿什麼顏色的衣服？

⑫往下掉，往下掉，一掉掉到水上了；自己不沉，水也不渾。（謎語）

⑬任你跑多少年，你也跑不到；任你飛多少年，你也飛不到。（謎語）

⑭在水裡洗了半天澡，身上還是很乾燥。（謎語）

⑮不是國王，頭上戴王冠；不是騎士，腳上卻有馬刺；清晨早早起，不許別人再睡覺。（謎語）

第9期

冬客臨門月

秋季第三月 11月21日～12月20日

太陽的詩篇

十一月，一半是秋天，一半是冬天。十一月是九月的孫子、十月的兒子、十二月的親哥哥。十一月在河岸插滿冰做的釘子；十二月在河面鋪上冰做的橋。十一月騎著斑駁的馬出巡，地上一條爛泥、一條雪，一條雪、一條爛泥。十一月這座冰工廠雖然不大，鑄造的枷鎖卻夠整個俄羅斯用——池塘與湖泊已經結冰了。

秋天開始它的第三項任務了：脫下森林還沒脫完的衣服，幫水帶上枷鎖，再為大地蓋上雪被。

森林很冷清，樹木黑沉沉又光禿禿的，被雨水打得從頭溼到腳。河上的冰閃閃發亮，但是如果你走過去，在上面踩一腳，它會喀嚓一聲裂開來，讓你掉進冰冷的水裡。所有翻耕過的田地，蓋上雪被之後，什麼都停止生長了。

不過，現在還不是冬天，只是冬天的前奏曲。幾個陰天之後，又會出一天太陽。所有生物看到太陽時，是多麼高興呀！

看吧！樹根下鑽出一批黑色的蚊蟲，飛上了天空；腳下開出了一朵朵金黃色的蒲公英、款冬——它們可是春天的花呀！

雪也融化了，但是樹木卻沉沉的睡著了。它們會毫無知覺的一覺睡到明年春天。

現在，伐木的季節開始了。

林中大事記

莫名其妙的現象

今天，我挖開雪，查看一些一年生的野草。它們只能活一個春天、一個夏天和一個秋天。

可是，今年秋天我發現，有些並沒有死掉。現在已經十一月了，許多都還是綠色的！

萹蓄還活著。這是鄉村裡生長在房屋前的一種野草。它的小莖會錯綜交織在地面上，人們常常毫不留情的用它來擦腳，小葉子長長的，粉紅色的小花不太引人注目。

矮矮的歐蕁麻也活著。夏天的時候，人們非常討厭它，因為在田壟除草時，兩隻手經常被它刺得又痛又癢。可是現在，十一月裡看見它，卻覺得非常高興。

球果紫堇也是活的。這是一種美麗的小植物，有微微分開的小葉子和細長的粉紅色小花，花的末梢是紫紅色的。常常在菜園裡看到它。

這些一年生的野草都還活著，可是到了春天就都消失了。那麼，它們現在何必在雪下生活？這種現象怎樣解釋？我不知道，還需要研究。

尼娜．巴甫洛娃

森林並不是死氣沉沉的

冰冷的寒風在森林裡橫行霸道。光禿禿的白樺、山楊和赤楊搖搖晃晃，沙沙作響。最後一批候鳥匆匆的離開故鄉。

夏季待在我們這裡的「夏候鳥」還沒有全部飛走，「冬客」就來了。

鳥兒各有各的喜好和習慣，有些飛到高加索、義大利、埃及和印度去度冬，有些卻寧願在我們列寧格勒省度冬。在我們這裡，冬天時牠們很暖和，也吃得飽飽的。

會飛的花

赤楊黑色的枝條孤寂的伸在那裡，顯得好淒涼。樹枝上沒有一片樹葉，地上沒有青草。懶洋洋的太陽難得從灰色烏雲裡露出臉來。

忽然，有許多五光十色的「花」，在陽光的照耀下，飛舞到赤楊樹上。花大得出奇，有白的、紅的、綠的、金黃的。有些落在赤楊的樹枝上，有些黏在樺樹白色的樹皮上，有些掉在地上，有些在空中飄揚。

花用蘆笛似的聲音互相呼應，從地面飛上樹枝，從一棵樹飛向另一棵樹，從一片樹林飛進另一片樹林。這究竟是什麼花？從哪裡來的？

北方飛來的鳥

這些「花」其實是我們的冬客，是從遙遠的北方飛來的小鳴禽。有紅胸脯、紅頭的朱頂雀；有灰褐色的朱連雀，翅膀上有紅斑，頭上還有一撮冠羽；有深紅色的松雀；有交嘴雀，雌鳥為綠色、雄鳥為紅色。還有金綠色的黃雀、黃羽毛的金絲雀，以及胸脯鮮紅美麗的歐亞鷽。

我們本地的黃雀、金絲雀和歐亞鷽都飛到比較暖和的南方去了。前面說的這些鳥，都是在北方築巢。北方現在非常寒冷，所以牠們還覺得我們這裡挺暖和的！

黃雀、朱頂雀吃赤楊和白樺的種子；朱連雀、歐亞鷽吃花楸樹的果實和其他漿果；交嘴雀吃松樹和雲杉的種子。牠們都吃得飽飽的。

東方飛來的鳥

低矮的柳樹上突然開出了華麗的「白玫瑰」。

這些白玫瑰在灌木叢中飛來飛去，在樹枝上轉來轉去，用有黑鉤爪的細長腳爪東抓抓、西扒扒。花瓣似的白色小翅膀在空中忽閃著，輕盈又和諧的啼囀聲在空中蕩漾著。

這是灰藍山雀。

牠們不是從北方飛來的，而是從東方，從風雪咆哮的西伯利亞，越過山巒重疊的烏拉爾山脈，飛到我們這裡來。那裡早已經是冬天，低矮的柳樹早就被深深的雪埋起來了。

該睡覺了！

大片烏雲遮住了太陽，空中落著溼漉漉的灰色雪花。

一隻肥胖的獾氣呼呼的哼著，一跛一拐的走向自己的洞。牠心裡很不高興。森林裡既泥濘又潮溼，該鑽到地下了，鑽到乾燥又整潔的沙土洞裡去。該躺下來睡覺了。

羽毛蓬鬆的噪鴉在林子裡打起架來。溼答答的羽毛，閃爍著咖啡渣的顏色。牠們放開喉嚨大叫著。

一隻老渡鴉從樹頂哇的大叫一聲，原來是牠看見遠處有一具動物的屍體。牠拍動閃閃發亮的藍黑色翅膀，飛了過去。

林中一片寂靜，灰色的雪花落在發黑的樹木和褐色的土地上。地上的落葉在逐漸腐爛。雪越下越大，現在成了鵝毛大雪，覆蓋住黑色的樹枝，也覆蓋住大地……

我們列寧格勒省的沃爾霍夫河、斯維爾河和涅瓦河，受到嚴寒的侵襲，先後都結凍了。最後，芬蘭灣也結冰了。

最後的飛行

十一月的最後幾天，天氣突然變暖和了，可是積雪沒有融化。

早晨，我到外面去散步，看見雪地裡，不論是路上、灌木叢裡，還是樹木間，到處都飛舞著黑色的小蚊蟲。牠們有氣無力的飛著，從下面某個地方升起來，好像被風刮著似的（雖然一點風也沒有），在空中繞了半圈，然後側著身體落在雪上。

午後，雪開始融化，樹上的雪掉了下來。一抬頭，融化的雪水滴進眼睛裡，又溼又涼的雪粒灑在臉上。這時候，不知道從哪裡冒出來好多好多像蒼蠅的小飛蟲，也是黑色的。夏天時沒看過這些蚊、蠅。小飛蟲興高采烈的飛著，只不過飛得很低，緊貼著雪地飛。

到了傍晚，天氣轉涼，牠們就不知道躲到哪裡去了。

摘自一位少年自然科學家的日記

森林通訊員　維利卡

貂追松鼠

許多松鼠流浪到我們的森林。

牠們居住在北方，那裡鬧飢荒，今年的毬果不夠吃。

松鼠分散坐在松樹上，後腳抓住樹枝，前腳捧著毬果用嘴巴在啃。一顆毬果從松鼠的腳爪裡滑落到雪地上。松鼠捨不得丟棄它，氣沖沖的叫著，從一根樹枝跳到另一根樹枝，再跳到另一根樹枝，跳到了樹下。

牠在地上跳著，後腳一蹬，前腳撐地，一直往前跳。牠突然發現，枯枝堆裡露出一團黑色的毛皮和兩隻銳利的小眼睛——牠馬上忘了那顆毬果，趕緊跳上旁邊的樹，順著樹幹往上爬。枯枝堆裡跳出一隻貂，跟在後面追。貂飛快的順著樹幹往上爬，松鼠已經到了樹梢。

貂順著樹枝爬上去，松鼠跳到另外一棵樹上。貂把牠像蛇一樣細瘦的身體縮成一團，背脊彎成弧形，縱身一跳，也跳到那棵樹上。

松鼠沿著樹幹飛快的跑。貂跟在牠後面，也沿著樹幹飛快的跑。松鼠很敏捷，可是貂比牠更敏捷！

松鼠跑到樹頂，沒辦法再往上跑了，附近也沒有別的樹。

貂就要追上牠了——

松鼠只好往下跳，從一根樹枝跳到另一根樹枝。貂緊追不放。

松鼠在樹枝的末梢來回跳，貂在樹枝粗一些的地方來回追。松鼠跳呀跳，跳呀跳，跳到最後一根樹枝上了。

下面是地，上面是貂。

沒有選擇的餘地了，松鼠跳到地上，跑向另一棵樹。

唉！在地上，松鼠鬥不過貂。貂三步兩跳就追上松鼠，撲倒了牠。這隻松鼠也就完蛋了……

野兔的詭計

半夜裡，一隻歐洲野兔偷偷鑽進果園。小蘋果樹的樹皮真甜，快到早晨的時候，牠已經啃了兩棵小蘋果樹。雪落在牠頭上，牠也不理會，只是一個勁兒的嚼著啃著，啃著嚼著……

村子裡的公雞叫了三遍，狗也汪汪的叫起來了。

這時候，歐洲野兔才想到，應該趁人們還沒起床時跑回森林裡。周圍已經一片雪白，牠身上棕紅色的毛皮非常顯眼，遠遠的就可以看見。牠真羨慕雪兔，雪兔這個時節渾身是雪白的！

這一晚下的雪還很鬆軟，會留下腳印。

歐洲野兔跑著，在雪地上留下一串腳印。長長的後腳留下的是長條狀的腳印，短短的前腳留下的是小圓圈。每個腳印、每個爪痕，在鬆軟的積雪上都看得一清二楚。

歐洲野兔跑過了田野，穿過森林，在自己身後留下一串清晰的腳

印。歐洲野兔剛剛飽餐一頓，現在要是能在灌木叢中打個盹，多好啊！但糟糕的是，不管牠躲在哪裡，腳印都會把牠暴露出來。

歐洲野兔只好使出計策：把自己留下的腳印弄亂！

這時候，村裡的人已經醒了。果園主人走到果園——啊！老天爺！兩棵最好的小蘋果樹都被啃掉了樹皮！他往雪地一看，馬上就知道了，小樹下有歐洲野兔的腳印。他舉起拳頭生氣的說：「等著瞧！你得用你的毛皮來償還我的損失！」

他回到屋裡，把槍裝滿彈藥，帶著槍，開始追蹤雪地上的腳印。

瞧，歐洲野兔就是在這裡跳過籬笆的，跳過籬笆後穿過田野，跑進森林裡。一進到森林，腳印就繞著灌木叢打轉。哼！這個詭計可騙不過我！我會弄清楚的！

喏，這是第一個圈套：歐洲野兔繞灌木跑一圈，然後橫穿過自己的腳印。喏，這是第二個圈套。

果園主人追蹤腳印，繞開兩個圈套。手拿著槍，隨時準備開槍。

他站住了。這是怎麼回事？腳印中斷了！周圍全是平坦的積雪，就算歐洲野兔跳了過去，也應該會有痕跡呀！

果園主人彎下腰仔細查看腳印。哈！原來是一條新的詭計：歐洲野兔踩著自己的腳印回去了。牠每一步都準確的踏在自己之前的腳印上。乍看之下，真的很難看出來是「重合的腳印」。

果園主人順著腳印往回走，走著走著，走回了田野。看來，他還是上當了，某個地方還有圈套。

他又沿著「重合的腳印」向前走，仔細觀察。哈哈，原來如此！重合的腳印很快就中斷了，再往前，腳印又是單層的了。嗯，這麼看來，歐洲野兔在這裡跳到旁邊去了。

沒錯，歐洲野兔順著自己的腳印，竄過灌木叢，然後跳向旁邊。現在腳印又均勻起來了。突然又中斷了，又是一行「重合的腳印」越過灌木叢。再往前，就是跳著走了。

現在可得非常仔細的看……，又往旁邊跳了一次。現在，歐洲野兔一定是躲在灌木叢下。休想騙我！

真的，歐洲野兔就躲在附近。不過，不是獵人想的那樣，牠不是躲在灌木叢，而是躲在一大堆枯枝下面。

歐洲野兔在睡夢中聽見沙沙的腳步聲。

聲音越來越近，越來越近，越來越近……

牠抬頭一看，兩隻穿著毛氈靴的腳在走路，黑色槍桿碰到了地面。

歐洲野兔悄悄的從躲藏的地方鑽出來，像箭一樣竄到枯枝堆後面去了。果園主人只看到粗短的白色尾巴閃過灌木叢。

他一無所獲的回家去了。

隱形的不速之客

我們的森林裡又來了一個夜行大盜。很難發現牠，因為夜裡太黑，看不見牠，白天又不能把牠跟雪區分開來。牠是北極地帶的居民，身上的服裝，顏色跟北方長年不化的白雪一樣。牠就是雪鴞。

雪鴞的體型跟鵰鴞差不多，只是力氣比鵰鴞差一些。牠吃大大小小的鳥、野鼠、松鼠和兔子。

牠的故鄉苔原，天氣冷得要命，小動物幾乎全躲到洞裡去了，鳥兒也都飛走了。飢餓迫使雪鴞離開家鄉，到我們這裡來作客。牠打算到了春天再回家。

啄木鳥的打鐵場

我們的菜園後面有許多老山楊樹和老白樺樹，還有一棵很老很老的雲杉，雲杉上掛著幾顆毬果，引來了一隻啄木鳥。

啄木鳥飛到樹枝上，用長長的嘴喙啄下一顆毬果，然後沿著樹幹往上跳，把毬果塞進一條樹縫裡，開始用嘴喙啄它，吃掉裡面的種子。之後就把毬果往下丟，又去採另一顆毬果。第二顆毬果也是塞在那條樹縫裡，第三顆毬果還是塞在那條樹縫裡……，就這樣一直忙到天黑。

森林通訊員　庫波列爾

去問問熊

為了躲避寒風，熊喜歡把自己的冬季住宅，也就是熊洞，安置在低的地方，甚至安置在沼澤地，或是茂密的雲杉林裡。不過，奇怪的是，如果這年冬天的天氣不冷，時常有融雪天，所有的熊都會在高的地方冬眠，像是小丘上、小山崗上。世世代代的獵人證實了這件事。

顯而易見的，熊害怕融雪天。也的確是不能不怕，如果冬天時有一股融化的雪水流到肚皮底下，然後天氣又忽然變冷，雪水結了冰，就會把熊身上毛蓬蓬的皮襖凍成鐵盔甲，那怎麼辦？就顧不得睡覺了，只能爬起來，到森林裡晃蕩，活動筋骨來取暖了！

如果不睡覺，而不停的活動，就會把身上貯藏的熱量消耗殆盡，不得不吃東西來增加體力。但是冬天時，熊在森林裡找不到吃的東西。因此，如果牠預知這年冬天比較暖和，就會挑高的地方做窩，免得在融雪天被雪水浸溼。這個道理很容易明白。

可是，牠究竟根據什麼樣的天氣預兆，知道這年冬天是暖和，還是寒冷呢？為什麼早在秋天，牠就能十分正確的為自己在沼澤地，或是山崗上，選擇一個好地方做窩呢？關於這點，我們還不知道。

請你鑽到熊洞裡，問問熊吧！

伐木的過去與現在

古時候，俄羅斯有句諺語說：「森林是惡魔，在森林裡幹活，離陰曹地府也不遠了。」

古時候，伐木工人和樵夫的工作相當危險。他們拿著斧頭，與高大的綠色朋友敵對，像是與凶猛的敵人作戰。要知道，一直到十八世紀，我們才有了鋸子。

一個人要先有無窮的體力，才能從早到晚用斧頭砍樹。要有鋼鐵般的強壯體魄，才能在天寒地凍、風雪咆哮時，白天只穿一件襯衫工作，夜裡在沒有煙囪的小屋子裡，或是就在一間小草棚裡，蓋著外套睡覺。

春天時，工作更加艱苦。

冬天砍下來的木材都得運到河邊，河水解凍後，把沉重的木材推進水裡，請河媽媽把木材運走。大家都知道河水流到哪裡。河水把木材運到哪裡，那裡就在河的兩岸建設起一座座的城市。

現代的情況又是怎樣呢？

「伐木工人」這個字的意義已經改變了。不需要再用斧頭砍倒大樹和削去樹枝了，機器取代了人力的工作。森林裡的道路也都是用機器開闢、鋪平，然後沿著這條路把木材運走。

推土機的力量就是那麼大！這種沉重的鋼鐵怪物聽從人類的指揮，闖入無法通行的密林，像割草一樣推倒百年的大樹。它輕而易舉就把老樹連根拔出，堆放在兩旁，又推開倒地的枯樹，剷平地面，鋪好道路。

車子載著發電機行駛在這條路上。工人們拿著電鋸走到樹木前，包橡皮的電線像蛇一樣在他們身後蜿蜒。電鋸尖利的鋼齒毫不費力的鋸入堅固的樹幹，像刀子橫切奶油一樣。只不過半分鐘的時間，電鋸就把直徑半公尺的粗樹幹啃透了。這棵巨樹有一百歲了呢！

方圓一百公尺內的樹木都鋸倒之後，車子把發電機載到前面去。一輛強大的集材機開過來占據發電機原先的位置。集材機一下子就抓起幾十棵還沒削去樹枝的大樹，拖到木材運輸路上。

巨大的運樹牽引機沿著這條路，把木材拖向窄軌鐵路。鐵路上有位司機開著一列長長的平車，這種專門運送巨大貨物的鐵路車輛沒有側板和車頂。平車載著幾千立方公尺的木材駛向火車站或是河岸的木材場。在木材場裡，人們把木材加工，整理成原木、木板和紙漿木料。

在現代，藉助機器採伐的木材，運送到了遠方草原上的村莊、城市和工廠裡，運到了任何需要木材的地方。

大家都知道，有了這麼強大的技術，就必須按照非常嚴格的全國性計畫採伐樹木，否則我們這個森林資源豐富的國家很快就會變成一片荒漠。靠現代技術來消滅森林，是輕而易舉的事。但森林的成長還是跟以前一樣緩慢，要好幾十年才能形成森林！

我國在採伐林木之後，會立刻栽種樹木來造林。

農村生活

農村新聞

我們的農村今年收成非常出色！

一公頃的田地收穫一千五百公斤的糧食，在許多農村已經是普遍的事。一公頃田地收穫兩千公斤的糧食，也不算稀奇了。

現在冬天來了。

田裡的工作都結束了。

婦女在牛欄裡工作，男人則負責運送飼料給牲畜吃，有獵狗的人帶狗出去打松鼠，還有許多人去採伐木材。

灰山鶉群離農舍越來越近了。

孩子們上學去了。白天時，他們布置捕鳥的網子，在小山丘上滑雪，或是滑小雪橇。晚上就在家裡寫作業、讀書。

心眼比牠們多

下了一場大雪。我們發現，野鼠在雪底下挖了一條地道，通到我們苗圃的小樹。不過，我們的心眼比牠們多——我們把每棵小樹周圍的雪都踩得結結實實的。這樣，野鼠就沒辦法鑽到小樹跟前了，如果野鼠鑽出地面，在雪地裡一下子就會凍死了。

會危害果樹的兔子也常常到我們的果園。我們也想出了對付牠們的辦法：我們把所有的果樹都用稻草和雲杉枝條包紮起來。

吉瑪．布羅多夫

用細絲吊著的房子

有一種用細絲吊著的小房子，風一吹就搖搖晃晃的。房子的牆壁頂多一張紙那麼厚，連個防寒設備也沒有。在這種小房子裡可以度冬嗎？

你一定想不到，在這種小房子裡也可以度冬！

我們看過不少這種簡陋的小房子。它們用像蜘蛛絲那麼細的絲吊在蘋果樹的樹枝上。這種小房子是枯葉做的。農村的村民把它們取下來燒掉。原來小房子裡的住戶是害蟲：絹粉蝶的幼蟲。如果把牠們留下來度冬，到了春天，牠們就會啃壞蘋果樹的芽和花。

森林的好與壞

森林裡，有一些對人類有害的東西，也有能夠幫助人類的東西！

昨天夜裡，光明之路農村差一點失竊。將近午夜的時候，一隻大兔子鑽進了果園。牠想啃小蘋果樹的樹皮，卻發現小蘋果的樹幹跟雲杉樹幹一樣刺刺的。這隻兔子試了好幾次都失敗了，只好離開光明之路農村的果園，跑到附近的森林。

農村的村民知道會有林中小偷來侵犯他們的果園，因此，砍了許多雲杉樹枝，把蘋果樹的樹幹包了起來。

棕黑色的狐狸

郊區的紅旗農村建立了一座「皮草動物養殖場」，以便供應動物的毛皮來製作大衣、帽子。昨天，運來了一批棕黑色的狐狸。一大群人跑來歡迎這批農村的新居民，就連剛會跑的小小孩也都跑來了。

狐狸用懷疑的眼光看著來歡迎牠們的人。只有一隻狐狸，突然從容的打了一個哈欠。

「媽媽！」一個戴著無邊帽的小孩大叫說：「不可以把狐狸圍在脖子上，牠會咬人啊！」

種在溫室裡

勞動者農村裡，大家正在挑選小蔥和根芹菜。

老村長的孫女問說：「爺爺，這是為牲口準備飼料嗎？」

老村長笑了起來，回答說：「不是的，孫女兒，你沒有猜對。我們是要把這些小蔥和芹菜栽種在溫室裡。」

「種在溫室裡幹什麼？讓它們長大嗎？」

「不是的，孫女兒。我們是想讓它們經常供應蔥和芹菜給我們吃。冬天我們吃馬鈴薯時，可以撒上蔥花，還有芹菜湯可以喝。」

用不著蓋厚被

上星期日，一位外號叫「米克」的九年級學生到曙光農村去玩。他在覆盆子旁碰到老村長費多謝奇。

「老爺爺，您的覆盆子不怕凍壞嗎？」米克用假裝內行的口氣問。

「凍不壞的，」費多謝奇回答說：「它們可以在雪底下平平安安的度度冬天。」

「在雪底下度冬？您的頭腦還清楚嗎？」米克接著說：「這些覆盆子比我還高呀！難道說，您指望會下這麼深的雪嗎？」

「我指望的只是普通的雪。」老爺爺回答說：「聰明人，請你告訴我，你冬天蓋的被子，比你站著還要厚嗎？還是比你的身高薄？」

「這跟我的身高有什麼關係？」米克笑了起來：「我是躺著蓋被子的。老爺爺，您明白嗎？我是躺著蓋被子的！」

「我的覆盆子蓋的是雪被，也是躺著蓋的。不過，聰明人，你是自己躺到床上，覆盆子是由我來把它們彎到地上。我把一棵棵覆盆子彎在一起，然後綁起來，它們就躺在地上了。」

「老爺爺，原來您比我想的聰明！」米克說。

「可惜，你沒有我想的聰明。」費多謝奇回答他。

分擔工作

現在每天都可以在農村的穀倉裡碰到孩子們，有些在幫忙挑選春播要用的種子，有些在菜窖裡挑選最好的馬鈴薯，以便用來種植。

男孩子還會去馬廄和鐵工廠幫忙。
許多孩子也經常在牛欄、豬圈、雞舍和養兔場幫忙。
我們在學校裡讀書，同時也分擔家裡的工作。

學生會主席　尼古拉·李華諾夫

害蟲偵察員

本市果園和墓園裡的灌木、喬木需要保護。但是人類對付不了它們的敵人。因為那些敵人很狡猾又很小，不容易看見。所以只好找一批專業的偵察員來幫忙。

在本市的果園和墓園可以看見這些偵察員。牠們的首領是啄木鳥，嘴喙像長矛，能刺進樹皮裡。牠會大聲的發號施令：快克！快克！

跟著牠飛來的是各種山雀：戴尖頂高帽的鳳頭山雀、戴厚帽子的褐頭山雀，以及淺黑色的煤山雀。隊伍裡面還有旋木雀，牠穿著淺褐色的外套，嘴喙像錐子。鳾也是成員之一，穿著藍色的外套，胸脯是白色的，嘴喙尖利得跟短劍一樣。

啄木鳥發號施令說：「快克！」

鳾重複一遍命令說：「特誤急！」

山雀們回答：「脆克！脆克！脆克！」整支隊伍就出動了。

偵察員很快就占據樹幹和樹枝。啄木鳥啄著樹皮，用又尖又硬的舌頭從樹皮裡鉤出小蠹蟲。鳾頭朝下，繞著樹幹轉來轉去，看見樹皮哪條細縫裡有昆蟲或幼蟲，就把鋒利的「小短劍」刺進去。旋木雀在下面的樹幹跑來跑去，用彎彎的「小錐子」戳樹幹。山雀成群結隊的在樹枝上興高采烈的兜圈子，牠們檢查每一個小洞、每一條小細縫，沒有一隻小害蟲能逃過牠們銳利的眼睛和靈巧的嘴喙。

免費食堂

我們那些美妙的小朋友，善於歌唱鳴叫的鳴禽，挨餓受凍的日子到來了。請大家多關心牠們！

如果你家有花園或小院子，很容易就能招引到鳥兒，在牠們挨餓時餵餵牠們，在天氣寒冷或是有暴風雨時，為牠們遮風擋雨，還可以提供牠們築巢的地方。

你只要建造一間小房子就行了！

請小客人在小房子露台的免費食堂吃大麥、小米、麵包屑、碎肉、奶酪、葵花籽等等。即使你住在大都市裡，也能吸引到有趣的小客人到你的小房子裡住下來。

你還可以拿一根細鐵絲或細繩子，一頭拴在小房子能開閉的小門，一頭通到你的房間。天氣冷的時候，你只要拉動鐵絲或繩子，就可以關上小門，把寒風擋在外頭。

如果你能吸引一兩隻可愛的鳥，住到你為牠們準備的小房子，你就能幫助牠們度過嚴寒的冬天，你也有機會看看牠們是如何生活的。

Welcome

打獵的故事

秋天，打小型「毛皮動物」的季節開始了。快到十一月的時候，這些毛皮動物的毛已經長齊了——牠們脫掉薄薄的夏衣，換上蓬蓬鬆鬆而暖和的冬大衣。

到森林裡獵松鼠

一隻松鼠才多大？

可是，在我們俄國的狩獵事業中，松鼠比任何動物都重要！

光是松鼠的尾巴全國每年就要消耗幾千捆。華麗的松鼠尾巴可以做帽子、衣領、耳罩和其他保暖用品。

去掉尾巴的毛皮還有別的用途。人們用松鼠

的毛皮做大衣和披肩，做美麗的藍灰色女大衣，又輕便又暖和。

剛下雪的時候，獵人們就出去獵松鼠了。連老頭子和十二到十四歲的少年，也到松鼠多而且容易打到的地方去打松鼠。

獵人成群結隊或是獨自一個人，在森林裡一住就是幾個星期。他們在腳上套上又短又寬的滑雪板，從早到晚在雪地上走來走去，用槍打松鼠、設置並檢查捕捉松鼠的陷阱。

他們在土窯或是很矮的小房子裡過夜，這種獵人住的小房子經常埋在雪裡。他們使用一種像壁爐的爐子煮東西吃。

獵人獵松鼠的第一個伙伴是萊卡犬。獵人沒有萊卡犬，就像沒有眼睛一樣。萊卡犬是一種特別的獵狗，是我們北方的獵狗。這種狗冬季在森林裡協助獵人打獵的本領是世界第一，沒有任何獵狗比得過牠。

萊卡犬會幫你找到白鼬、鼬、水獺、水鼬等動物的洞穴，還會替你結束這些小動物的生命。夏天時，萊卡犬會幫你把野鴨從莞草叢裡趕出來，把琴雞從樹林裡趕出來。這種獵狗不怕水，連最冷的河水也不怕，河裡有薄冰時，牠也會游過去把打死的野鴨叼回來。秋天和冬天時，萊卡犬幫助主人打松雞和琴雞。這段時期，靠普通獵狗是打不到這兩種野禽的，但是萊卡犬會蹲在樹下，對著牠們汪汪大叫，吸引牠們的注意，主人就可以趁這個時候開槍了。

在還沒下雪的初寒時期，或是大雪紛飛時，帶萊卡犬打獵，牠還可以幫助你找到麋鹿和熊。

如果有可怕的動物攻擊你，你忠實的朋友絕不會背棄你。萊卡犬會從動物的身後咬住牠，讓你有時間重新裝上彈藥、打死動物；要不然，牠就自己犧牲性命。

不過，最令人驚奇的是，萊卡犬能幫助獵人找到松鼠、貂、紫貂、大山貓等住在樹上的動物。其他種的獵狗都找不到樹上的松鼠。

冬天或是深秋，你在雲杉林、松樹林或針闊葉混合林裡走著，到處靜悄悄的，沒有東西在晃動，也沒有東西掠過或是發出啾啾的聲音。四周一片死寂，好像荒漠一樣，一隻動物也沒有。

但是如果你帶萊卡犬到森林去，你就不會感到寂寞了。萊卡犬會在樹根下找到白鼬，從洞裡趕出雪兔，一口咬住姬鼠，還會發現「隱身」的松鼠，無論牠們躲在多麼濃密的松枝間，萊卡犬也會把牠們找出來。

不過，萊卡犬既不會飛也不會爬樹，如果樹上的動物不到地上來，牠是怎麼找到松鼠的？

專門獵野禽和善於追蹤獸跡的獵狗，擁有很好的嗅覺。鼻子是這兩種獵狗的基本「工具」，即使眼睛不管用、耳朵聾了，照樣能工作。

然而，萊卡犬擁有三樣「工具」：靈敏的鼻子、銳利的眼睛和機靈的耳朵。萊卡犬會同時運用這三樣「工具」，甚至可以說，這些是牠的三位「僕人」。

松鼠在樹上用爪子抓了一下樹幹，萊卡犬那豎著且時時警覺的耳朵立刻悄悄的告訴主人：「這裡有小動物！」松鼠的腳爪在針葉間一閃，萊卡犬的眼睛就告訴主人：「松鼠在這裡！」微風把松鼠的氣味吹到樹下，萊卡犬的鼻子就向主人報告：「松鼠在那裡！」

萊卡犬靠這三位僕人發現樹上的小動物後，就由牠的第四位僕人：聲音來為獵人效勞。

一條優秀的萊卡犬如果發現飛禽走獸，絕不會衝到那棵樹去，也不會用爪子去抓樹幹，因為這樣可能會把躲藏在樹上的小動物嚇跑。牠會坐在樹下，目不轉睛的盯著松鼠藏身的地方，豎著耳朵，隔一會兒叫幾聲。要不是主人來了或是主人把牠叫走，牠是不會離開樹下的。

獵松鼠的方法很簡單：萊卡犬找到松鼠後，松鼠的注意力整個被萊卡犬吸引住了，獵人只要悄悄走過來，不要做任何劇烈的動作，好好瞄準，然後開槍就行了。

用霰彈打松鼠不容易打中，獵人通常用小鉛彈來打，而且會盡可能打牠的頭部，以免毀損松鼠的皮毛。冬天時，松鼠受傷後不大容易死，因此，一定要瞄準、一槍命中。否則松鼠一旦躲進濃密的針葉叢裡，就再也找不到牠了。

獵人還會設置陷阱來捕捉松鼠。裝置陷阱的方法是這樣的：拿兩塊短的厚木板，平行放在兩棵樹幹之間。在下面那塊木板上豎一根細棒，支撐上面那塊木板，以免木板掉下來。細棒上拴著香噴噴的誘餌，像是乾蕈菇或是魚乾。松鼠一扯動誘餌，上面的木板就掉下來把牠夾住。

只要雪不太深，整個冬季獵人都會打松鼠。到了春天，松鼠就會換毛，一直要到深秋，牠們才會重新披上華麗的藍灰色冬季毛皮。在這之前，獵人是絕不會去獵牠們的。

帶斧頭打獵

獵人獵凶猛的小型毛皮動物，用槍的機會沒有用斧頭的機會多。

萊卡犬靠嗅覺找到洞裡的鼬、白鼬、伶鼬、水鼬或是水獺。之後把小動物從洞裡趕出來，就是獵人的事情了。這件事做起來可不容易。

這些凶猛的小動物躲藏在地底、亂石堆和樹根下的洞穴裡。當牠們察覺到危險時，不到最後關頭，是不會離開藏匿之處的。獵人只好用鐵棍伸進洞裡攪動，或是用手搬開石頭，用斧頭劈開粗大的樹根，敲碎凍結的泥土，或是用煙把小動物從洞裡熏出來。

不過，只要牠一跳出來，就無處可逃了，萊卡犬絕不會放過牠，再不然，獵人也會開槍打死牠。

追蹤一隻貂

獵取森林裡的貂比較困難。找出牠捕食鳥或動物的地方不太難，因為附近的雪經常被踩得稀爛，而且有血跡。但是要找到牠飽餐後藏身的地方，就需要非常銳利的眼睛了。

貂在空中跑——從這根樹枝跳到那根樹枝，從這棵樹跳到那棵樹，跟松鼠一樣。不過，牠一路跳，還是會留下痕跡，折斷的小樹枝、腳爪抓下來的小塊樹皮、毬果、松針、毛髮等等，都會從樹上掉到雪地上。有經驗的獵人就是根據這些痕跡，判斷貂在「空中」的行跡。這樣的行跡有時候很長，可能有好幾公里長。要非常注意，才能毫無差錯的跟蹤牠，根據種種痕跡找到牠。

塞索伊奇第一次追蹤貂時，沒有帶獵狗，他親自去追那隻貂。

他穿著滑雪板走了很久，一會兒很有把握的往前跑一、二十公尺，因為貂跳到雪地上，留下了腳印；一會兒慢慢的往前走，全神貫注的查看這位空中旅行家一路留下來，但不容易看出來的痕跡。那天，他一直唉聲嘆氣，懊悔沒有把他忠實的朋友萊卡犬帶出來。

黑夜降臨時，塞索伊奇還在森林裡。這位留著小鬍子的獵人升起一堆篝火，從懷裡掏出一塊麵包來吃。冬夜漫漫，先睡一覺再說。

早晨，貂的行跡把塞索伊奇帶到一棵很粗的枯雲杉前。真走運！塞索伊奇發現這棵樹的樹幹上有一個洞。貂一定是在這個樹洞裡過夜，而且可能還沒出來。

塞索伊奇扳下擊錘，右手拿著槍，左手舉起一根樹枝往樹幹上敲了一下，然後扔掉樹枝，兩手端槍，準備貂一竄出來，立刻開槍。

可是貂並沒有跳出來。

塞索伊奇又舉起樹枝，往樹幹重重的敲了一下，接著又更重的敲了一下。貂還是沒出來。

「哎呀，牠睡得太熟了！」塞索伊奇不耐煩的想著：「醒來吧！你這個瞌睡蟲！」

他又舉起樹枝狠狠的敲了一下，聲音響遍整座樹林。

看來貂沒有在樹洞裡。

這時候，塞索伊奇才想到，應該仔細查看這棵雲杉的周圍。

這棵枯樹是空心的，樹幹另一側的一根枯樹枝下面還有一個出口。枯樹枝上的雪被碰掉了，表示貂從雲杉這一側溜出了樹洞，逃到旁邊的樹上去了。粗樹幹擋住了獵人的視線，因此獵人沒看見。

塞索伊奇沒有辦法，只好再往前去追貂。

獵人又在那些難以看出的痕跡之中，徬徨一整天。

後來，在天開始黑的時候，塞索伊奇找到一個痕跡，清清楚楚的顯示，貂離追牠的人沒有很遠。獵人找到一個松鼠窩，貂從那裡開始追捕松鼠。顯而易見的，這個強盜追捕牠的犧牲者追了很久，最後終於在地上追到牠。精疲力竭的松鼠大概沒有估計到自己的體力不行了，從樹上失足掉下來，貂竄過來抓住牠，就地在雪地上吃掉松鼠。

是的，塞索伊奇跟蹤的行跡沒有錯。不過，他不能再追下去了，因為從昨天開始，他一點東西也沒吃。身上連一點麵包屑都沒有，天氣又變冷了。今晚如果又在森林裡過夜，一定會凍死。

塞索伊奇很沮喪的痛罵著，但只能順著自己的足跡往回走。

「只要追上牠，」他心裡想：「開一槍，問題就解決了。」

塞索伊奇經過那個松鼠窩時，氣呼呼的拿下肩上的槍，也不瞄準，就朝松鼠窩開了一槍。他只不過是想發洩一下心頭的怒火。

樹上掉下一些樹枝和苔蘚，這些東西掉落之前，讓塞索伊奇大吃一驚的是，一隻細長又多毛的貂掉在他的腳邊，貂臨死前還在抽搐呢！

後來塞索伊奇才知道，這是常有的事：貂吃掉松鼠後，會鑽進那隻松鼠暖和的窩裡，蜷成一團，安安穩穩的睡覺。

本報特約通訊員

白天和黑夜

十二月中旬，鬆軟的白雪已經積到膝蓋那麼深了。

夕陽西下，琴雞在光禿禿的樺樹上一動也不動，為玫瑰色的天空點綴了一些黑影。後來，牠們突然一隻跟著一隻飛向雪地，消失了蹤影。

夜來了。這是一個沒有月亮的夜晚，四處黑漆漆的。

塞索伊奇走到琴雞消失的林中空地上。他手裡拿著捕鳥網和火把。火把鮮明的燃燒著、照耀著，黑黑的夜幕被推到一邊去了。

塞索伊奇一邊仔細傾聽，一邊向前走。

忽然，前面離他只有兩步路遠的地方，從雪底下鑽出一隻琴雞。明亮的火焰照得牠睜不開眼睛，牠像一隻巨大的黑甲蟲，無助的在原地打轉。獵人眼明手快的用網子罩住牠。

塞索伊奇用這個辦法，在夜裡活捉了許多琴雞。

白天時，塞索伊奇乘著雪橇開槍打牠們。

奇怪的是，停在樹枝上的琴雞絕不會被一個步行的獵人開槍打中，可是同一位獵人，如果乘雪橇過來，即使上面還載著農村的大批貨物，那些琴雞也別想躲過獵人的槍！

本報特約通訊員

森林布告欄

為鳥兒開辦免費食堂

可以用繩子把一塊小木板吊在窗外。在木板上撒點飼料，像是麵包屑、麵包蟲、蟑螂、煮熟的蛋屑和奶渣、花楸樹的果實、蔓越橘的漿果、莢蒾的果實、小米、燕麥等等。

不過，最好是把飼料裝在瓶子裡，掛在樹上，並在瓶子下面裝一塊小木板。

如果能在花園裡放一張飼料小桌子，上面搭個屋頂，避免雪落到小桌子上，這樣就更好了。

快來幫助挨餓的鳥兒

請記住，我們的鳥類朋友即將遭遇困難，牠們就要挨餓受凍了。請不要等到春天，現在就為牠們建造一些暖和的小房子，像是樹洞式的人造鳥巢、椋鳥房等等。這些小房子可以幫助牠們躲避致命的壞天氣。許多鳥為了躲避北風和寒雪，都來依靠人類，鑽到門廊或屋簷下過夜。有一隻鵪鶉甚至鑽進釘在木柱上的信箱去過夜呢！

請在小房子裡鋪上絨毛、羽毛、破布等。這樣，鳥兒就有溫暖的羽毛墊子和被子了。

打靶場

第九次競賽

☆射箭要打中靶心！答案要對準題目！

1. 冬天時，鳥最怕的是寒冷，還是飢餓？
2. 兔子換成白色皮毛的時間如果比較晚，這年的冬天會來得早，還是來得晚？
3. 在列寧格勒，哪個夜行大盜只在冬天出現？
4. 「啄木鳥的打鐵場」是什麼？
5. 為什麼要用雲杉的枝條把果樹的樹幹包起來？
6. 蝴蝶的一生會有卵、幼蟲、蛹和成蟲四個階段，絹粉蝶以哪個階段度冬？
7. 秋冬時，啄木鳥會和哪些鳥成群結隊？
8. 獵人為什麼在秋天獵捕毛皮動物？

9 獵人怎樣獵捕松鼠？

10 獵捕松鼠最好帶什麼獵狗去？

11 無手無腳到處奔，四處敲打窗和門，敲敲打打要進屋，不管歡迎不歡迎。（謎語）

12 一樣東西有鹹味，水裡出生最怕水。（謎語）

13 有個大漢真不錯，揹著靴子路上過，肩上的靴子越揹不動，他的心裡越快活。（謎語）

14 一間小綠房，沒有門來沒有窗，房裡的小人兒，住得真是滿。（謎語）

15 整天地上走，兩眼不望天，什麼也不痛，可是老是哼。（謎語）

打靶場競賽答案

確認打靶成果吧！打靶場第七次競賽答案

☆ 請核對你的答案有沒有射中目標！

1. 雌兔。最後生的一窩小兔子就叫做「落葉兔」。
2. 花楸樹、山楊、楓樹等等。
3. 昆蟲有六隻腳，蜘蛛有八隻腳。因此，蜘蛛不是昆蟲。
4. 並不是所有的候鳥秋天都往南飛，舉例來說，朱雀會往東飛，飛過烏拉爾山脈。
5. 雄麋鹿又稱為「犁角獸」，這是因為牠的角又寬又大，像犁一樣。
6. 螞蟻把蟻窩所有的出入口都堵住，然後擠在一起度冬。
7. 牠們大多在第一次寒流來襲時，死掉了。有些則會鑽進樹皮或牆壁的裂縫裡，在那裡度冬。

8 因為在夜裡飛行比較安全，不會受到猛禽襲擊。

9 蠑螈夏天住在池塘裡，冬天則鑽到樹皮下面度冬。

10 可以藉此了解鳥類飛到哪裡度冬、春天時有多少飛回來等細節。

11 風滾草乾枯的草莖捲成草球，被風吹動而四處滾動，趁機撒播種子。

12 喜鵲。

13 樹葉。

14 雨。

15 麻雀。

確認打靶成果吧！打靶場第八次競賽答案

☆請核對你的答案有沒有射中目標！

① 上山快。兔子的前腿短、後腿長，所以上山跑得比較輕快，要是從很陡的山坡往下跑，可就要翻筋斗了。

② 夏天時，樹上的鳥巢會被樹葉遮住；樹葉掉光的時候，就可以很清楚的看見樹上的鳥巢。

③ 儲藏大量的穀物。

④ 松鼠。牠把蕈菇拖到樹上，串掛在樹枝上。冬天缺乏食物的時候，牠就去找這些乾蕈菇吃。

⑤ 可阻擋塵土和雪，還能吸引鳥類築巢繁殖，鳥可消滅花園或菜園裡的害蟲。

⑥ 水田鼠。

7 這種鳥很少。貓頭鷹會把死鼠藏到樹洞裡，星鴉則會把松子、堅果等藏到樹洞裡。

8 樹木不正常增生的一簇簇細樹枝，是病變造成的。

9 海裡。鰻魚產完卵後就葬身海裡。

10 到水裡去，躲到石頭下面、坑裡或淤泥裡，甚至還會跑到地窖裡。

11 黃色或褐色，接近草、灌木、樹木等植物枯黃的顏色。

12 從樹上掉下來的葉子。

13 地平線。

14 鴨、鵝。

15 公雞。

確認打靶成果吧！打靶場第九次競賽答案

☆請核對你的答案有沒有射中目標！

1 鳥最怕飢餓。例如野鴨、天鵝、海鷗等，如果有些地方的水沒有被冰封住，牠們有東西吃，就不會飛走，而會留下來度冬。

2 這年冬天會來得晚。

3 來自北方苔原的雪鴞。

4 啄木鳥會把毬果塞在大樹或樹墩的樹縫裡，用嘴喙啄毬果。這種樹或是樹墩就叫做「啄木鳥的打鐵場」。在這種「打鐵場」下面的地上，往往會堆積一大堆被啄木鳥啄開的毬果。

5 防止兔子啃食果樹的樹皮。

6 絹粉蝶以幼蟲度冬。

7 和山雀、旋木雀、鳾等鳥類成群結隊，一起行動。

8 因為這時候毛皮動物換上了濃密而保暖的毛皮，這樣的毛皮具有很高的經濟價值。

9 開槍射殺松鼠，或是設置陷阱捕捉松鼠。

10 萊卡犬。

11 風。

12 鹽。

13 身背獵物、帶槍的獵人。

14 黃瓜。

15 豬。

廣大的俄羅斯

★編輯部的說明★

❶此處標示的地名，為本書中「東南西北：無線電通報」專欄中提及的區域或城市。

❷小朋友可以透過閱讀該專欄，並在地圖上尋找地點，藉此了解當時俄羅斯的國土範圍。

地圖繪製：吳子平

北冰洋
亞馬爾半島
大西洋
聖彼得堡
烏拉爾
波羅的海
莫斯科
諾沃西比爾斯克
頓巴斯草原
庫班草原
烏克蘭
烏克蘭草原
中亞沙漠
黑海
裡海
高加索山
帕米爾山
卡拉庫姆沙漠

小木馬 自然好有事 003

森林報報

秋天，森林裡有什麼新鮮事！

作者 維・比安基 Vitaly Bianki
繪圖 卡佳・莫洛措娃 Katya Molodtsova
譯者 王汶

社　　長 陳蕙慧
副總編輯 陳怡璇
主　　編 胡儀芬
特約主編 鄭倖伃
責任編輯 張容瑱
行銷企畫 陳雅雯、尹子麟、余一霞
美術設計 謝昕慈

國家圖書館出版品預行編目(CIP)資料

森林報報：秋天，森林裡有什麼新鮮事！/ 維・比安基著(Vitaly Bianki)；卡佳・莫洛措娃(Katya Molodtsova)圖；王汶譯. -- 初版. -- 新北市：木馬文化出版：遠足文化發行，民109.11
譯自：Леснаягазета.
面；　公分. --(小木馬自然好有事；3)
ISBN 978-986-359-838-1(平裝)

880.599　　109016126

出　　版 木馬文化事業股份有限公司（讀書共和國出版集團）
發　　行 遠足文化事業股份有限公司
地　　址 231 新北市新店區民權路 108-4 號 8 樓
電　　話 02-2218-1417
傳　　真 02-8667-1065
Email service@bookrep.com.tw
郵撥帳號 19588272 木馬文化事業股份有限公司
客服專線 0800-2210-29

印　刷 通南彩印股份有限公司
2020（民 109）年 11 月初版一刷
2024（民 113）年 01月初版四刷
定　價 360 元
ISBN 978-986-359-838-1